GRASS, GÜNTER, ~~192,~~

ENCUENTRO EN TELGTE /

1999.   APR   2009

37565005884142   CENT

W9-CSN-003

Encuentro en Telgte

ALFAGUARA

Título original: Das Treffen in Telgte
© 1979 by Hermann Luchterhand Verlag
Darmstadt und Neuwied
© 1997, Steidl Verlag Göttingen
© De la traducción: Genoveva Dieterich
© De esta edición:
   1981, Ediciones Alfaguara, S. A.
   1999, Grupo Santillana de Ediciones, S. A.
   Torrelaguna, 60. 28043 Madrid
   Teléfono 91 744 90 60
   Telefax 91 744 92 24
   www.alfaguara.com

ISBN: 84-204-2521-4
Depósito legal: M. 37.656-1999
Impreso en España - Printed in Spain

Diseño:
Proyecto de Enric Satué
© Cubierta:
Günter Grass

PRIMERA EDICIÓN: MAYO 1981
SEGUNDA EDICIÓN: JUNIO 1981
TERCERA EDICIÓN: OCTUBRE 1999

Todos los derechos reservados.
Esta publicación no puede ser
reproducida, ni en todo ni en parte,
ni registrada en o transmitida por,
un sistema de recuperación
de información, en ninguna forma
ni por ningún medio, sea mecánico,
fotoquímico, electrónico, magnético,
electroóptico, por fotocopia,
o cualquier otro, sin el permiso previo
por escrito de la editorial.

ALFAGUARA

Günter Grass

Encuentro en Telgte

Traducción de Genoveva Dieterich

1

Ayer será, lo que ha sido mañana. Nuestras historias de hoy no tienen que haber sucedido ahora. Esta comenzó hace más de trescientos años. Otras historias también. Desde tan lejos viene cualquier historia, que tenga lugar en Alemania. Anoto lo que sucedió en Telgte, porque un amigo, que en el año 47 de nuestro siglo reunió en torno suyo a sus pares, va a celebrar su setenta cumpleaños; pero es más viejo, mucho más viejo —y nosotros, sus amigos de hoy, somos todos con él vetustos desde entonces.

Lauremberg y Greflinger vinieron a pie desde arriba, de Jutlandia, y desde Regensburgo; los otros, a caballo o en carreta. Mientras unos navegaban río abajo, el viejo Weckherlin tomaba la vía marítima desde Londres a Bremen. Viajaron desde lejos y desde cerca, desde todas las comarcas. Un comerciante, tan acostumbrado al plazo y a la fecha como a la ganancia y a la pérdida, se hubiera asombrado ante el puntual empeño de los hombres del simple acontecer literario, sobre todo teniendo en cuenta que las ciudades y campos estaban aún o de nuevo asolados, cubiertos de ortigas y cardos, despoblados por la peste, y que todos los caminos eran inseguros.

Por eso Moscherosch y Schneuber, que habían hecho el viaje desde Estrasburgo, llegaron a la meta

convenida desvalijados (con excepción de sus bolsas
de manuscritos, en nada útiles a los salteadores): Moscherosch, risueño y enriquecido con una sátira más;
Schneuber, quejándose e imaginando ya los horrores
del camino de vuelta. (Su trasero estaba dolorido de
los golpes recibidos con espada plana.)

Czepko, Logau, Hoffmannswaldau y otros silesianos llegaron sin daño cerca de Osnabrück, porque asegurados con un salvoconducto de Wrangel se
habían unido una y otra vez a unidades suecas, que
buscaban forraje muy adentradas en Westfalia; pero
sintieron como en carne propia los espantos de las
requisiciones, en las que a ningún pobre diablo se le
preguntaba por su confesión. Las objeciones no de-
tenían a los jinetes de Wrangel. El estudiante Scheffler (un descubrimiento de Czepko) a punto estuvo
de perder la vida en Lusacia, porque defendió a una
campesina, que iba a ser empalada delante de sus
hijos, como poco antes lo fuera el campesino.

Johann Rist vino del cercano Wedel, a orillas
del Elba, por Hamburgo. Un coche de viajeros trajo
de Lüneburg al editor Mülben de Estrasburgo. El
camino más largo, desde el Kneiphof de Königsberg,
y también el más seguro por ir en el séquito de su
príncipe, lo tomó Simón Dach, cuyas invitaciones
habían provocado toda esta conmoción. Ya el año
anterior, cuando Friedrich Wilhelm de Brandemburgo se prometió con Luisa de Orange y se le permitió
a Simón Dach recitar en Amsterdam su poema lau-
datorio, fueron redactadas las numerosas cartas de
invitación con la descripción del lugar del encuentro,
y se había procurado su envío con la ayuda del príncipe elector. (En numerosos casos los agentes que
actuaban por todas partes, se encargaron, como in-
termediarios, del correo.) Así le llegó a Gryphius su
invitación, a pesar de que desde hacía un año viajaba

por Italia y luego Francia con el comerciante de Stettin Wilhelm Schlegel; en el camino de regreso (en Speyer) le fue entregada la carta de Dach. Puntualmente se presentó, trayendo consigo a Schlegel.

Puntualmente llegó de Wittemberg el maestro en lenguas Augustus Buchner. Después de rechazar la invitación varias veces acudió con puntualidad al lugar señalado Paul Gerhardt. Filip Zesen, al que el correo dio alcance en Hamburgo, se presentó con su editor, procedente de Amsterdam. Nadie quería faltar a la cita. Nada era capaz de retener a los poetas, ni siquiera el servicio en la enseñanza, el estado o la corte, al que casi todos se debían. Los que como Greflinger no hallaron protector, llegaron a la meta impelidos por el tesón. Y al que su amor propio impedía ponerse en marcha a tiempo, le movilizaba la noticia de que otros ya estaban de viaje. Incluso los que se miraban con hostilidad, como Zesen y Rist, deseaban encontrarse. Más inagotable que su burla sobre los poetas reunidos era la curiosidad de Logau ante el encuentro. Los círculos locales de los escritores eran demasiado estrechos. Ningún asunto fastidioso, ningún amorío entretenido podía atarles. Algo les impulsaba a reunirse. Además por doquier crecía la inquietud y la búsqueda mientras se discutía la paz. Nadie quería quedarse aislado.

Pero tan hambrientos de intercambios literarios como estos señores habían seguido la invitación de Dach, tan rápidamente se sumieron en el desaliento, cuando en Oesede, una aldea cerca de Osnabrück, donde había de tener lugar el encuentro, no se halló hospedaje. La «Posada del Caballo Negro» prevista por Dach había sido ocupada —a pesar de la oportuna reserva— por el séquito del consejero de guerra sueco Erskein, que hacía poco había presentado al Congreso las exigencias de los ejércitos de

Wrangel, imponiendo así nuevas cargas a la paz. Las habitaciones que no estaban ocupadas por secretarios de regimiento y oficiales del conde de Königsmarck, estaban repletas de legajos. La gran sala, en la que los literatos iban a reunirse a celebrar la anhelada asamblea, a leer sus manuscritos, había sido convertida en almacén de provisiones. Por todas partes holgazaneaban jinetes y mosqueteros. Emisarios salían, entraban. Erskein no recibía. Un preboste al que Dach presentó la reserva escrita de la «Posada del Caballo Negro» sucumbió a las carcajadas contagiosas de los hombres que le rodeaban, cuando Dach pidió que la caja sueca le devolviera la cantidad adelantada. Dach volvió, bruscamente despedido. Los tontos fuertes. Su vaciedad acorazada. Su risa hueca. Ningún caballero sueco conocía los nombres de los poetas. Como mucho les permitieron descansar en el pequeño comedor. El posadero aconsejó a los poetas viajar hacia Oldemburgo, donde había de todo, incluso alojamiento.

Ya pensaban algunos en seguir adelante, los silesianos hasta Hamburgo, Gerhardt de vuelta a Berlín, Moscherosch y Schneuber, acompañados de Rist hacia Holstein; Weckherlin ya quería tomar el primer barco a Londres, casi todos amenazaban, no sin hacerle reproches a Dach, con suspender el encuentro; Dach —que normalmente era la serenidad en persona— dudaba de su empeño, y los escritores esperaban con sus bultos en la calle sin saber a dónde ir, cuando llegaron —a tiempo, antes de que anocheciera— los de Nuremberg: Harsdörffer con su editor Endter y el joven Birken; les acompañaba un muchachote barbirrojo, llamado Christoffel Gelnhausen, cuya juventud desgarbada —tendría alrededor de los veinticinco años— estaba en contradicción con su rostro marcado de viruela. Con su jubón verde bajo el sombrero de plumas, parecía salido de un cuento. Alguien dijo: a ése le engendraron los soldados de Mansfeld al pasar. Pero se demostró que Gelnhausen era más real que su apariencia. Mandaba un destacamento de jinetes y mosqueteros imperiales, que acampaban en las afueras del lugar porque la zona de las ciudades del Congreso de Paz habían sido declaradas neutrales y habían sido prohibidas todas las acciones de guerra entre los contrincantes.

Cuando Dach explicó a los nuremberguenses la desgracia de los poetas y Gelnhausen ofreció inmediatamente su ayuda con palabras llenas de circunloquios y metáforas, Harsdörffer condujo a un lado a Dach: aunque el muchacho aquel divagaba como un astrólogo viajero —en efecto se había presentado a la concurrencia como el predilecto de Júpiter, al que Venus, como podía verse, había escarmentado en tierras gabachas—, estaba dotado de ingenio y era más leído de lo que hacía suponer su chifladura. Además, el tal mozo servía de secretario de cancillería en el regimiento de Schauenburg, estacionado en Offenburgo. En Colonia, a donde habían viajado desde Würzburgo en barco, Gelnhausen les había sacado de apuros, cuando Endter intentó pasar clandestinamente una partida de libros. Afortunadamente Gelnhausen consiguió librarles con su verborrea de la sospecha clerical de «actividades heréticas». Inventaba mejores cuentos que los que se escriben. Su labia hacía callar a los jesuitas. Tenía a mano a los padres de la Iglesia, pero también a todos los dioses y sus astros. Conocía las entretelas de la vida y además andaba por todas partes como por su casa: en Colonia como en Recklingshausen y en Soest. Seguramente les podría ayudar.

Gerhardt advirtió que no les convenía asociarse con los imperiales. Hoffmannswaldau estaba asombrado de que el mozo hubiera recitado hacía un momento unos versos de la traducción de la *Arcadia* de Opitz. Moscherosch y Rist, al menos, querían escuchar las propuestas del secretario de regimiento, sobre todo porque Schneuber de Estrasburgo había hecho algunas indagaciones locales interesantes sobre la guarnición de Offenburgo, confirmadas a su vez por otros chismes de barbería.

Por fin Gelnhausen obtuvo permiso para explicarse ante los señores reunidos pero desesperadamente expuestos a la intemperie. Sus palabras fueron tan creíbles como el brillo de los botones de oro que adornaban en doble fila su jubón verde: como primo de Mercurio, y tan diligente como éste, debía ir de todos modos a Münster, para llevar por orden de su señor, que servía como coronel a Marte, noticias secretas al señor Trauttmannsdorff, al que el agreste Saturno había cebado con sabiduría, como máximo negociador del Emperador que era, para que por fin hubiera paz. Habría unas 30 millas de camino. Con luna casi llena. Por terreno plano. Se pasaba entonces, a no ser que los señores quisieran ir al clerical Münster, por Telgte, un pequeño y acogedor lugar, que, aunque empobrecido, se había conservado intacto porque se había sacudido de encima a los de Hesse y no se cansaba de alimentar las cajas del regimiento de Königsmarck. Y como Telgte era de antiguo un lugar de peregrinación, les conseguiría allí alojamiento a los señores en peregrinación literaria. Desde su juventud había aprendido a procurar alojamiento a toda clase de dioses.

El viejo Weckherlin quiso saber por qué, siendo evangélicos, merecían tanto favor imperial, al fin y al cabo Gelnhausen llevaba información urgente al partido clerical; a lo que el secretario de regimiento contestó que a él la religión le importaba poco, mien-

tras le dejaran la suya. Y que, además, su embajada
para Trauttmannsdorff no era tan secreta. Todo el
mundo sabía, que en el campamento del mariscal Tu-
rena los regimientos de Weimar se habían amoti-
nado contra la tutela gabacha y se habían dispersado.
Esas noticias se le adelantaban a uno y no merecían
la prisa. Prefería hacerle un pequeño servicio a una
docena de poetas sin habitación, y más —¡por Apolo!— manejando él también la pluma, aunque de
momento sólo en la cancillería del regimiento del
coronel Schauenburg.

Dach aceptó después de esto el ofrecimiento.
Y Gelnhausen dejó de hablar rebuscadamente y medio en rima, para dar órdenes a sus jinetes y mosqueteros.

2

El camino de Osnabrück a Münster, pasando
por Telgte, estaba desde el comienzo de las conversaciones de paz, que duraban ya tres años, muy tran-
sitado y trotado por los correos, que traían y llevaban
del lado católico al protestante o viceversa un fárrago,
capaz de llenar un archivo, de peticiones, memorias,
cartas con las habituales intrigas, invitaciones a fiestas e informes de agentes sobre los recientes movi-
mientos militares que tenían lugar a pesar de las
negociaciones de paz. Desde luego las posiciones
confesionales no correspondían exactamente a las posiciones militares entre enemigos: así la católica Francia se había enzarzado —con el beneplácito papal—
con España, Habsburgo y Baviera, y los sajones protestantes estaban con un pie o con el otro en el lado
imperial. Hacía unos años los suecos luteranos habían
atacado a los daneses luteranos. Baviera llevaba se-
cretamente sus regateos por territorios en el Palatinado. A todo esto se añadían las unidades amotina-
das o tropas que cambiaban de bando, las contradicciones de los Países Bajos, las lamentaciones de los
Estados sajones, la impotencia de las ciudades imperiales, el interés cambiante, pero siempre hambrien-
to de territorio de los aliados —a causa del cual hacía un año, cuando se negociaba la cesión de Alsacia

a Francia y de Pomerania con Stettin a Suecia, los representantes de Estrasburgo y de las ciudades del Báltico entre Münster y Osnabrück habían corrido de un lado a otro tan desesperada como inútilmente—. No era de extrañar, por lo tanto, que la carretera entre las ciudades de la paz se encontrara en un estado que correspondía al curso de las negociaciones y a la situación del Imperio.

En cualquier caso los cuatro carruajes, tan pronto como los hubo requisado más que tomado prestados Gelnhausen, necesitaron más tiempo que el previsto en llevar a los señores sin hospedaje —más de veinte— desde las estribaciones del Bosque de Teutoburgo, por la región de Tecklenburgo hasta Telgte. Un sacristán se ofreció a acondicionarles provisionalmente un convento de monjas abandonado, cerca de Oesede, donde habían acampado los suecos, pero rechazaron la oferta, porque al edificio medio derruido le faltaba el mínimo confort; sólo Logau y Czepko, que desconfiaban de Gelnhausen, se mostraron partidarios de la solución.

A sus espaldas clareaba ya la noche de verano, cuando Simón Dach pagó el pontazgo por el convoy. Y justo después del puente, sobre el brazo externo del río Ems, pero antes del brazo interior del río, que limitaba la ciudad hacia la Puerta del Ems, Gelnhausen acampó a su manera en la «Posada del Puente», una casa de piedra cubierta de caña, y con tejado de dos vertientes, que surgía de la maleza ribereña y mostraba a primera vista pocos daños de la guerra. Llevó a un lado a la posadera, a la que conocía evidentemente, cuchicheó con ella y se la presentó a Dach, Rist y Harsdörffer como su vieja amiga Libuschka: una mujer, bajo su ungüento para la tiña, ya entrada en años, que se había envuelto en una manta de caballo, llevaba pantalones de soldado, y al

mismo tiempo hablaba cultamente y pertenecía a la
nobleza bohemia: su padre, dijo, había luchado desde
el principio con Bethlen Gabor por la causa protestante; sabía qué honor se le hacía a su casa, y ofre-
cería, no inmediatamente, pero pronto, habitación
a los señores.

Al oírla, Gelnhausen y sus imperiales arma-
ron tal alboroto frente a la cuadra y la posada, en el
zaguán y delante de todas las habitaciones, que los
perros encadenados casi se ahogan ladrando, y no
cedieron hasta que arrancaron del sueño a todos los
huéspedes y sus criados. Apenas éstos —que eran comerciantes de la Hansa y se dirigían de Lemgo a Bremen— se hubieron congregado delante de la posada,
cuando Gelnhausen les ordenó desalojar la «Posada
del Puente». Apoyó su orden con esta advertencia:
quien ame su vida, que se mantenga a distancia. Entre los extenuados y, como podía verse, postrados
viajeros en y junto al carro, había varios enfermos
de peste bubónica, candidatos a la paja de los muertos. Dijo que con su destacamento daba escolta a
una calamidad, que debía de ser apartada para no
turbar las negociaciones de paz, y que él, como médico personal del nuncio papal Chigi, tenía no sólo
órdenes imperiales, sino también suecas, de someter
a cuarentena al contagioso cargamento. Y al momento y sin discusión, pues de lo contrario se vería obligado a quemar los carros de los comerciantes, mercancías incluidas, a orillas del Ems. La peste —como
todos saben y él lo dice como médico, pertrechado
con toda la sabiduría de Saturno— no respeta la ri-
queza, más bien se apodera con saña de los tesoros
y con especial gusto açosa con aliento febril a caba-
lleros vestidos con telas de Brabante.

Como los comerciantes exigieran una justifi-
cación escrita de su desalojamiento, Gelnhausen es-

grimió la espada, llamándola su pluma, preguntó quién quería ser el primero en probarla y dijo: que conminaba a los huéspedes de la posada, ya dispuestos a partir, a guardar silencio en nombre del Emperador y sus adversarios sobre el motivo de su súbita partida ¡por Marte y sus perros furiosos!

Después de esta alocución, la «Posada del Puente» fue despejada con presteza. Jamás se enganchó con tanta prisa. Donde había titubeos, los mosqueteros apremiaban. Antes de que Dach y otros poetas hubieran podido protestar con suficiente fuerza contra la inmoralidad de la artimaña, Gelnhausen les había alojado. Con algunos reparos, pero tranquilizados por Moscherosch y Greflinger que querían ver enjuiciado el suceso como jocoso incidente, los escritores ocuparon las habitaciones vacías y las camas aún calientes.

Como, además del comerciante Schlegel, varios impresores de Nuremberg, Estrasburgo, Amsterdam, Hamburgo y Breslau habían aceptado como editores la invitación de Dach, se pudo resarcir fácilmente de sus pérdidas a la posadera Libuschka, que aceptó de buen talante a sus nuevos clientes, teniendo en cuenta que los hanseáticos desalojados habían dejado atrás algunas balas de tejido, varias piezas de mesa de plata y cuatro barriles de cerveza negra del Rin.

En la cuadra, que sobresalía lateralmente, se instaló el destacamento de Gelnhausen. Desde el zaguán, entre el pequeño comedor y la cocina, a los que seguía la gran sala, los poetas subieron por dos escaleras al piso superior de la posada. Los espíritus ya estaban menos acongojados. Sólo la elección de las habitaciones provocó una pequeña disputa. Zesen se enzarzó con Lauremberg, después de tener unas palabras con Rist. El estudiante de medicina Scheffler estaba a punto de las lágrimas. A él, a Birken y a Greflinger los acomodó Dach en la paja del desván, al no haber suficientes habitaciones.

Entonces alguien dijo que al viejo Weckherlin le latía el pulso débilmente; Schneuber, que compartía un cuarto con Moscherosch, pedía ungüento para sus heridas. Gerhardt y el maestro Buchner querían cada uno una habitación. Hoffmannswaldau y Gryphius, Czepko y Logau se instalaron de dos en dos. Harsdörffer no se separaba de su editor Endter. Rist iba tras Zesen, como Zesen tras Rist, mientras la posadera y sus criadas atendían a los nuevos huéspedes. Libuschka conocía el nombre de alguno de los señores. Sabía recitar estrofas de los cánticos de Gerhardt. A Harsdörffer le respondió con graciosas palabras del *Jardincillo bucólico del Pegnitz*. Y cuando se sentó con Moscherosch y Lauremberg en el pequeño comedor —pues ninguno de los dos deseaba ir a la cama, sino trasnochar con cerveza, queso y pan hasta la mañana— supo contar con frases rápidas el contenido de algunos sueños del *Philander* de Moscherosch. Tan leída y tan adecuada para el encuentro de los poetas era la posadera Libuschka o «Coraje», como la llamó Gelnhausen, cuando, festejado como aposentador, se sentó con ellos más tarde.

También Simón Dach permaneció despierto. Echado en su habitación recapituló a quién había invitado por carta, convencido en el camino, olvidado con o sin intención, incluido o rechazado de su lista por recomendación y quién no había llegado aún: su amigo Albert, para el que estaba dispuesta la segunda cama de la habitación.

Preocupaciones que disipaban el sueño o adormilaban: ¿vendría Schottel a pesar de todo? (El poeta de Wolfenbüttel no vendría, porque estaba invitado Buchner.) A Klaj le habían disculpado los de Nuremberg por enfermedad. ¡Qué desgracia si Rompler decidía venir! ¿Podría contarse con la presencia del príncipe Ludwig? (El cabeza de la «Orden Fructífera» se quedó, ofendido, en Köthen: Dach, que no era miembro de la «Orden de la Palma» y acentuaba su condición de burgués, le caía mal al príncipe.)

Qué bien que habían dejado noticia en la «Posada del Caballo Negro» de Oesede, diciendo dónde iban a reunirse con el mismo motivo —la lengua tan destrozada, y el deseo de estar cerca de la conferencia de la paz—. Allí deliberarían hasta que todo estuviera hablado, tanto sobre las dificultades y la fortuna de la poesía como de la miseria de la patria.

Faltarían Opitz y Fleming. ¿Sería posible mantener dentro de límites la teoría? ¿Y vendría algún que otro, no invitado? Cavilando sobre esto y deseando la presencia física de su esposa Regina, Dach se sumió en el sueño.

3

O seguía escribiendo a su Regina, nacida Pohl
y llamada por todas partes en el Kneiphof o por los
estudiantes de la Academia, en el círculo de sus amigos, Albert, Blum, Roberthin e incluso por el mismo
príncipe elector «la Pohla» o «la Pohla de Dach».
Su carta, primero desesperanzada, luego divertida por
las circunstancias de su hospedaje, y al final encomendando el curso del encuentro al consejo y a la
bondad de Dios, debía informar en Königsberg, sin
inquirir por el sentido profundo de los sucesos: de
cómo y con qué brutalidad les habían echado los suecos de Oesede; de cómo Gelnhausen, al que llamaban Christoffel o Stoffel, había requisado cuatro carromatos, con caballos del parque de vehículos de
los representantes protestantes; de cómo habían tomado, de noche y con luna creciente, el camino
surcado de Münster, hacia Telgte, detrás de las antorchas de la Caballería Imperial y a salvo de tormen-
tas que tronaban en la lejanía; de cómo, ya en camino,
Moscherosch, Greflinger y Lauremberg habían em-
pezado a beber aguardiente, a vociferar canciones soe-
ces y a tomarle el pelo al siempre muy digno Gerhardt; de cómo Czepko y el viejo Weckherlin habían
acudido, sin embargo, animosos en ayuda del sensible Gerhardt, de modo que el resto del camino, al

menos en tres de los cuatro carros transcurrió, con cánticos sagrados, entusiasmando incluso a los que estaban más borrachos el más reciente himno en estrofas de Gerhardt —«Ya descansan los bosques, el ganado, los hombres, las ciudades y los campos / duerme todo el universo...»— y de cómo casi todos, hasta el orondo Gryphius a su lado, habían pasado del cantar al dormir, de modo que al llegar a la meta de su viaje el descarado embuste de Gelnhausen, que cargó a toda la compañía con una peste ficticia, que casi olía, pasó desapercibido o fue notado demasiado tarde; y de cómo todos, a pesar o a causa de la endiablada y sin embargo simpática inmoralidad —que a él le hacía sonreír— habían dado en la cama: los unos riéndose de la angustiosa precipitación de los mercachifles y regando con vino la macabra broma, los otros pidiendo en silencio perdón al Señor, pero todos tan cansados como para que no surgiera una pelea entre los señores de Silesia, los de Nuremberg y los de Estrasburgo, que pusiera de nuevo en peligro el encuentro. Sólo entre Rist y Zesen hubo chispas, como era de esperar. Buchner, sin embargo, como no venía Schottel prometía comportarse mesuradamente. Los silesianos habían traído consigo a un estudiante asustado. Hoffmannswaldau no se comportaba en absoluto como un niño mimado aristocrático. Todos, excepto Rist, que no podía dejar de sermonear, y Gerhardt, al que resultaba ajeno el trajín literario, mostraban sentimientos amistosos. Incluso el rufián de Greflinger se dominaba, y le había prometido comportarse con decencia, jurando por la infidelidad de su Flora. Quizá pudiera esperarse cualquier salida de Schneuber, al que observaba con desconfianza. Pero en caso de necesidad sujetaría al grupo con severidad. Exceptuando los borrachines del comedor y él mismo, que pensaba en su Pohla, sólo se

hallaba en vela la doble e imperial guardia, que Gelnhausen había apostado ante la «Posada del Puente»
para seguridad de todos. La posadera, en el fondo un
pendón, demostraba ser una persona extraordinaria,
que parlaba corrientemente italiano con Gryphius, había respondido al maestro Buchner nada menos que
en latín y conocía el terreno literario como la zorra
el corral de los gansos. Así, todo hallaba su solución,
como si siguiera un designio superior. El lugar católico no le gustaba del todo. Decían que en Telgte había reuniones secretas de anabaptistas. El fantasma
de Knipperdolling merodeaba aún por ahí. La región
parecía un poco siniestra pero, por lo que se veía,
adecuada para asambleas.

Lo que Simón Dach escribió además a su
Pohla, es cosa de ellos. Sólo tengo a mano sus últimos y adormecedores pensamientos: giraban en torno
a los pros y contras, perseguían y se adelantaban a
los acontecimientos, dejaban aparecer y desaparecer
las personas, se repetían. Intentaré ordenarlos.

Dach no tenía dudas sobre la utilidad del encuentro tan largamente preparado. En el tiempo que
duraba la guerra se habían suspirado más que pla-
neado deseos de reunión. ¿Acaso no le había escrito
Opitz con esta preocupación poco antes de su muerte, desde su refugio de Danzig: «Un encuentro de
toda clase de poetas, en Breslau o en Prusia, dará
cohesión a nuestra causa, mientras la patria está di-
vidida...»?

Pero nadie, ni siquiera Opitz, hubiera sido
aceptado por los dispersados poetas como lo fue
Dach, cuyo espíritu amplio y su cálida generosidad
agrandaban el círculo de tal encuentro hasta abarcar
a un solitario errabundo como Greflinger, al aristocrático Hoffmannswaldau, al poco literario Gerhardt
—sin perder por ello el tino; pues la turba de patro-

nos principescos, únicamente interesada en poemas laudatorios y elegías por encargo, no fue invitada—. Dach había rogado incluso a su propio príncipe, que recitaba de memoria varias de sus cancioncillas, que se mantuviera de buen grado al margen.

Algunos señores (Buchner y Hoffmannswaldau) habían aconsejado esperar a que se decidiera la paz o reunirse, lejos de los acontecimientos aún violentos de la guerra, en la ciudad polaca de Lissa o en el recinto intacto de Suiza, y Zesen había intentado con su «Sociedad Filogermánica», fundada a principios de los cuarenta en Hamburgo, hacerle la competencia y organizar con la «Verdadera Sociedad del Abeto» de Rompler un encuentro alternativo, pero el tesón de Dach y su voluntad política fueron decisivos: en su juventud y bajo la influencia de Opitz había intercambiado cartas con Grotius, Bernegger y los heidelberguenses en torno a Lingelsheim, y desde entonces, aunque no estuviera activamente en la diplomacia como estuvieron en su día Opitz y Weckherlin, se sentía «irenista», es decir, «hombre de paz». Simón Dach se impuso contra Zesen, que cedió, y contra las intrigas del maestro de Estrasburgo, Rompler, que no fue invitado: en el año 47, estando la paz aún sin decidir, después de veintinueve años de guerra, se celebraría el encuentro entre Münster y Osnabrück, ya sea para dar un nuevo valor a la lengua alemana, último lazo superviviente, ya sea para dar, aunque fuera sólo desde la periferia, una opinión política.

Al fin y al cabo algo pintaban. En la devastación general sólo resplandecían las palabras. Y donde los príncipes se habían humillado, el prestigio recaía en los poetas. A ellos y no a los poderosos, les estaba asegurada la inmortalidad.

Simón Dach, en todo caso, estaba seguro, si no de su propia importancia sí de la trascendencia de la reunión. Pues en pequeño —y «lejos del blanco» como se dice en Königsberg—, había reunido en torno suyo a poetas y amigos de las artes. No sólo en la Magistergasse, donde tenía vivienda vitalicia gracias a un decreto del Kneiphof, sino también en el jardincillo de verano que el organista de la catedral Heinrich Albert tenía en Lomse, la isla del Pregel, se habían reunido los poetas para leerse mutuamente obras que en general habían nacido para determinada ocasión o por encargo: los consabidos epitalamios y cancioncillas, a las que Albert ponía música. Los amigos se daban, en broma, el nombre de «Sociedad del Emparrado de Calabazas», a sabiendas de que en comparación con otras sociedades, por ejemplo la «Orden Fructífera de la Palma» o la «Verdadera Sociedad del Abeto» de Estrasburgo, e incluso los «Pastores del Pegnitz» de Nuremberg, no eran más que una ramita en el follaje de la poesía alemana, por todas partes en efervescencia.

Pero como Dach sabía hasta qué punto todos deseaban oír la música del árbol entero, y porque su nombre le parecía resistir al juego de palabras, abrió la sesión cuando a primera hora de la tarde los señores viajeros, descansados o despejados de su borrachera, se reunieron en la gran sala, como era su manera, entre humorística y pensativa, del siguiente modo: «Reunámonos, queridos amigos, en mi nombre, pues yo os he invitado, como bajo un techado, y contribuya cada uno según sus facultades para así, ya que en fin de cuentas todo armoniza, hacer surgir con buen sentido alemán las sociedades verdaderas y fructíferas del Pegnitz, de la Calabaza y del Abeto, y para que en el año 47 de nuestro desdichado siglo se escuche también, por encima de las dilatadas conversaciones de paz y en medio del fragor constante de la batalla, nuestra voz, arrinconada hasta ahora.

Pues lo que nosotros tenemos que decir, no son palabrerías medio gabachas, sino que trata de nuestra lengua: '¿Dónde estás tú, Alemania? Desde hace casi treinta años te has convertido por la rapiña y la matanza, en tu propio verdugo...'»

4

Dach repitió estas frases versificadas de su reciente poema, aún no dado a la imprenta, en el que relataba entre quejas la desaparición de aquel emparrado de calabazas que había sido el lugar de reunión de los poetas de Königsberg en la isla de Lomse y había tenido que ceder a la construcción de una carretera; el organista de la catedral, Heinrich Albert le había dedicado una música, escrita en tres voces.

Como el verso les llamó la atención, Hoffmannswaldau, Rist, Czepko y otros instaron al autor a recitar todo su lamento, pero Dach no lo hizo hasta más tarde, al tercer día de lecturas. No deseaba inaugurar el encuentro con su propia producción. Tampoco permitió otros discursos inaugurales. (Zesen quería expresar su apoyo fundamental a una «Sociedad Filogermánica» y su ordenación por gremios. Rist le hubiera contestado inmediatamente, pues ya entonces andaba con el proyecto, realizado más tarde, de fundar la «Orden del Cisne del Elba».)

Por el contrario, Simón Dach rogó al piadoso Paul Gerhardt —para contrarrestar así su aislamiento— que dijera una oración para todos, pidiendo por un curso favorable del encuentro. Gerhardt lo hizo, puesto en pie, con gravedad de luterano viejo y sin escatimar amenazas de perdición eterna para los he-

rejes presentes; quizá se refiriera a los místicos silesianos o a posibles calvinistas.

Sin alargar el silencio que siguió a la oración,
Dach invitó a sus «muy estimados amigos» a recordar a aquellos poetas, cuyo lugar hubiera estado allí
entre ellos, si la muerte no les hubiera arrebatado.
Nombró solemnemente a «los que se nos han ido
demasiado presto» —a lo que todos se pusieron en
pie—, citó en primer lugar a Opitz, luego a Fleming,
al mentor político de su generación, el «irenista»
Lingelsheim, a Zincgref, y sorprendió a la asamblea
—ya se ensombrecía Gryphius— cuando pidió que
se recordara al jesuita Spee de Langenfeld.

Aunque a muchos de los presentes resultaba
conocido (y por la imitación familiar) lo que bajo el
término de «teatro de los jesuitas» había hecho escuela, aunque algunas odas latinas del jesuita Jakob
Balde habían parecido al estudiante Gryphius mere-
cer la traducción al alemán, y aunque Gelnhausen, a
quien nadie excepto Harsdörffer (y Greflinger) quería
incluir en la reunión, había dicho ser católico —y
nadie se había escandalizado por ello—, la evocación
de Spee resultó excesiva a algunos de los señores
protestantes, aun deseando someterse al precepto de
tolerancia impuesto por Dach. Se hubieran producido protestas airadas o censuras silenciosas si Hoffmannswaldau no hubiera salido en ayuda de Dach,
que con mirada severa dominaba la excitada concurrencia. Primero leyó del *Ruiseñor invencible* de
Spee, que no estaba impreso pero circulaba en copias,
el «Canto contrito de un corazón arrepentido»: «Cuando al atardecer la parda noche / Nos viste de negras
sombras...», para luego exponer de memoria, como
si llevara dentro el original latino, algunos hechos
de la *Cautio Criminalis,* la denuncia de Spee contra
la Inquisición y la tortura, a los que siguieron las

tesis. Luego ensalzó la valentía del jesuita y preguntó retadoramente (mirando directamente a la cara a Gryphius) quién entre todos ellos hubiera sido capaz de actuar en la muy católica Würzburg como Spee, quien después de ver a más de doscientas mujeres sufrir bajo la tortura y confesar enloquecidas su culpa, y después de acompañarlas con su consuelo a la hoguera, escribió sobre su cruel experiencia y la dio acusadoramente a la imprenta.

No había réplica posible. Al viejo Weckherlin le corrían las lágrimas por el rostro. Como si quisiera acentuar lo dicho, el estudiante Scheffler añadió que además Spee había sucumbido a la peste como Opitz. Dach cogió al vuelo el nombre y dio a Logau un texto impreso para que —ya que iban a recordar a todos los fallecidos— recitara uno de los sonetos que escribió Fleming, muerto poco después de Opitz, para éste (de viaje por la Tartaria nagaica). Logau declamó su propio homenaje al «Cisne de Bober», como se llamaba al poeta de Bunzlau: «En latín hay muchos vates, pero sólo un Virgilio —los alemanes tienen a Opitz, y otros muchos poetas.»

Después de honrar al amigo de la paz, Lingelsheim, Dach leyó en memoria de Zincgref dos anécdotas jocosas escogidas entre agudas sentencias, que solazaron a la concurrencia, y como se le rogara que siguiera, añadió una más.

Así la severa ceremoniosidad se disolvió en una charla agradable. Los viejos, en especial, sabían historias sobre los poetas desaparecidos. Weckherlin se explayó sobre las andanzas del joven Opitz. Buchner pretendió saber exactamente lo que Fleming hubiera escrito si su Elsabe del Báltico no le hubiera sido infiel. Surgió la pregunta de por qué los poemas de Spee no habían encontrado aún editor. Luego salieron a relucir los años de estudio en Leyden: Gryphius y Hoffmannswaldau, Zesen y el joven Scheffler habían sufrido allí el embate de las ideas iluministas. Alguien (¿yo?) preguntó por qué razón había evitado Dach, durante el homenaje a los muertos, recordar al poeta de Görlitz, Schuster, estando representados aquí también los de Bohemia.

Entretanto la posadera y sus criadas habían servido en el comedor pequeño un tentempié más bien modesto: en una sopa engrasada por embutidos cocidos en ella nadaban trozos de masa de harina. Sobre la mesa había tortas de pan. La cerveza negra estaba a mano. Los escritores partieron el pan con la mano, untaron, sorbieron, volvieron a servirse. Sonaban las carcajadas. (¿Cómo se llamaba de verdad la ciudad ésta, a la orilla del Ems: Telgte, Telchte o quizá Tächte como decían las sirvientas?) Dach paseaba a lo largo de la mesa, decía algo a cada uno y sosegaba a los que, como Buchner y el joven Birken, querían acalorarse ya en discusiones.

Después de la comida iba a hablarse de la lengua. De las causas de su destrucción y los remedios para reconstruirla. De las reglas que habían de mantenerse y de las que entorpecían la corriente del verso. De cómo el concepto de «lengua natural», que Buchner despreciaba por ser «exclusivamente místico», podía enriquecerse con mejores elementos y crecer hasta ser la lengua principal. De lo que merecía pasar por «alto alemán» y de qué valor debía atribuirse a los dialectos. Pues tan doctos y políglotas como eran todos —Gryphius y Hoffmannswaldau se mostraban elocuentes en siete lenguas— mascullaban, cuchicheaban, barbullaban, voceaban, estiraban, estrujaban y alambicaban su alemán de modo harto original.

Lauremberg, que era de Rostock, pero vivía desde la invasión de Wallenstein en Pomerania como profesor de matemáticas en el Seeland danés, desplegaba el tonillo de su dialecto de origen —el «Snack»—, y Rist, el predicador de Holstein, le respondía, vengándose, en bajo alemán. El diplomático Weckherlin, que llevaba ya casi treinta años en Londres, conservaba impertérrito su acento suabo. Y en el tono silesiano preponderante Moscherosch introducía su alemán, Harsdörffer su acalorado franco, Buchner y Gerhardt su sajón, Greflinger su pronunciación gutural de la Baja Baviera y Dach su prusiano, moldeado entre los ríos Memel y Pregel. A Gelnhausen se le oían decir tristes obscenidades e inventar locas curiosidades en tres dialectos diferentes, pues en el curso de la guerra Stoffel había unido a su acento de Hesse los de Westfalia y Baden.

Así, de esta manera tan caótica se entendían, así de ricas eran sus lenguas, así de inseguro y libre era su alemán; y resultaron ser aún más ricos en las más variadas teorías lingüísticas. Ningún verso quedó sin su regla.

5

Tan pronto como Simón Dach hiciera una señal, se produjo con insólita obediencia el traslado del
comedor pequeño a la gran sala: los escritores renun-
ciaban a su amor propio, a menudo tan infantil. Acep-
taban la autoridad de Dach. A él sacrificaron Rist y
Zesen (por un ratito) su eterna discusión. Greflinger siempre había deseado tener un padre así. Al aristocrático Hoffmannswaldau le hacía incluso gracia someter sus costumbres al burgués Dach. Los príncipes
de la sabiduría —Harsdörffer en Nuremberg, Buchner en Wittemberg— de buena gana hubieran ele-
gido regente al Maestro del Kneiphof (especialmente
animado por el vino). Y como Weckherlin, bilioso
después de tanto servicio cortesano, desde hacía unos
años ya no estaba a las órdenes del rey inglés, sino,
como secretario de Estado que era, del Parlamento,
se sometió a la voluntad de la mayoría: con los demás siguió la señal de Dach, ironizando sobre el puritanismo democrático de su patria de elección: allí,
un tal Cromwell metía en cintura a los poetas.

El único ausente fue el estudiante Scheffler.
Mientras los otros tomaban la sopa, él se dirigió por
la Puerta del Ems a la ciudad, en busca de la meta
de la peregrinación anual de Telgte, una Piedad ta-

llada en madera que representaba a María, sentada, sosteniendo estática a su hijo muerto y rígido.

Cuando todos estuvieron reunidos, sentados en bancos, sillas y, como faltaban asientos, taburetes de ordeñar y barriles de cerveza, formando un semicírculo bajo el techo de vigas en torno a Dach, el verano les visitó aún un rato por las ventanas abiertas, mezclando el zumbido de las moscas con su silencio expectante, o su conversación a media voz. Schneuber hablaba insistentemente a Zesen. Weckherlin explicaba a Greflinger cómo se cifraban los informes de agentes, arte que había perfeccionado en diversos servicios. Fuera se oían las dos mulas de la posadera, y más lejos, los perros que pertenecían a la «Posada del Puente».

Junto a Dach, que se había concedido un sillón, un taburete esperaba al lector de turno. Ninguna insignia simbólica, como las que eran habituales en las asociaciones regionales —la palma de la «Orden Fructífera»— había sido colocada, ni adornaba el testero. Los escritores habían preferido la sencillez. O no se les había ocurrido ningún emblema. Ya surgiría.

Sin introducción alguna, simplemente pidiendo silencio con un carraspeo, Simón Dach llamó al estrado al primer autor, el maestro de literatura sajón Augustus Buchner, un caballero ya entrado en años y en carnes que sólo se expresaba en forma discursiva y cuyo silencio, incluso, parecía un discurso. Sabía callar tan rotundamente que sus períodos de silencio hubieran podido citarse como figuras retóricas.

Buchner leyó el capítulo diez de su manuscrito titulado *Breve guía del arte poético alemán,* muy difundido en copias. «De la medida de los versos y de sus clases» era una lección, entendida como complemento a los escritos teóricos de Opitz, que trataba del uso adecuado de las «palabras dactílicas», corregía al viejo Ambrosius Lobwasser, de feliz memoria, porque había «mezclado en el verso alejandrino medidas equivocadas» y daba ejemplos para una oda dactílica, cuyos cuatro últimos versos estaban compuestos en medida trocaica, a la manera pastoril.

La lectura de Buchner se adornaba con alabanzas a Opitz —al que, sin embargo, contradecía aquí y allá— y con puyas contra el ausente Schottel «educador de príncipes», contra su sumisión a los gobernantes y su afición iluminada a las sociedades secretas. Sin que se nombrara a Abraham von Franckenber, cayó la palabra «Rosacrucianos». De vez en cuando el conferenciante pasaba al latín de los doctos. Incluso en el discurso improvisado le resultaba fácil hablar de todo en citas. (Pertenecía a la «Orden Fructífera», donde se le conocía por «el Restablecido».)

Cuando Dach invitó a la discusión, nadie quiso de momento medirse con la autoridad de Buchner, a pesar de que la mayoría era ducha en la teoría, segura de su oficio y, en la métrica, enterada de las más complicadas rencillas, inconteniblemente locuaz y con tendencia a la protesta hasta cuando tenía la aprobación en la punta de la lengua. Pero cuando Rist con tono de predicador rechazó cualquier crítica a Opitz como «detestable y viciosa», le replicó Zesen, discípulo de Buchner: así hablaba, quien imitaba servilmente a Opitz. ¡Precisamente el as de la imitación opitziana, el maestro de la «Orden del Cisne del Elba»!

Después de la docta defensa que hizo Harsdörffer de la literatura pastoril de Nuremberg, que creía atacada por Buchner, y del comentario de Weckherlin sobre el uso adecuado que él había hecho siem-

pre de las palabras dactílicas contra la prohibición
de Opitz y mucho antes de Buchner, Gryphius destiló
un poco de amargura: tales escuelas poéticas fomen-
tarían la escritura indiscriminada y sin alma; a lo que
respondió «el Restablecido» dándole la razón: a di-
ferencia de otros maestros de la lengua, él no daría
a la imprenta sus lecciones.

Dach llamó entonces a Sigmund Birken, un
joven cuyos cabellos se ensortijaban hasta sus hombros
con siempre renovada fantasía. En su cara redonda
brillaban ojos de niño y una boca carnosa y húmeda.
Cabía preguntarse si tanta belleza necesitaba de
teorías.

Cuando Birken leyó el capítulo doce del manuscrito de su *Arte alemán de la retórica y la poesía*
y expuso las reglas para actores allí contenidas, según las cuales el autor debía poner en boca de cada
persona el lenguaje adecuado: «...de modo que los
niños hablaran como niños, los viejos con sensatez,
las mujeres con discreción y ternura, los héroes valiente y heroicamente, los campesinos con tosque-
dad» se le echaron encima Greflinger y Lauremberg: ¡eso sólo conducía al aburrimiento! ¡Muy típico
de los poetas de orillas del Pegnitz! ¡Allí siempre
soplaba aire tibio! Moscherosch se burlaba: ¡pero en
qué épocas vivía aquel muchacho!

Harsdörffer intentó ayudar a su protegido,
aunque con poca decisión: tal disciplina podía hallarse ya en la antigüedad. Gerhardt alabó la regla
de Birken, según la cual no podía mostrarse lo horri-
ble al desnudo, sino que debía darse noticia de ello
a través del relato. Gryphius, del que se decía que
trabajaba en tragedias, callaba sin embargo. Y atro-
naba devastador el silencio de Buchner.

Entonces pidió la palabra Gelnhausen. Ya no
vestía el lucido jubón verde con botones de oro, sino

(como Greflinger) pantalones bombachos de hechura militar. Sentado en el banco de una ventana se agitaba inquieto, hasta que por fin Dach le permitió hablar. Y Stoffel dijo: que únicamente quería apuntar que, según sus revueltos conocimientos, los viejos a menudo hablaban sin tino y los niños con sensatez, las mujeres toscamente y los campesinos con discreción, y que los valientes héroes, de él conocidos, juraban incluso cuando se disponían a morir. Sólo el diablo había hablado con él suavemente, especialmente en las encrucijadas. A lo que el secretario de regimiento hizo parlar improvisadamente a todos los personajes citados; y, como colofón, al Príncipe de los Infiernos.

Incluso Gryphius reía. Y Dach finalizó conciliador la discusión preguntando a la concurrencia si era aconsejable enseñar en el teatro sangre, acompañada de lenguaje sucio, ofreciendo a diario la vida tales cosas. La regla del joven Birken le parecía sensata, si no se seguía con excesiva rigidez.

Entonces llamó a Hans Michael Moscherosch, cuya sátira lingüística de la primera parte de sus *Visiones de Philander von Sittenwald,* aunque ya impresa y ampliamente conocida, procuró gran placer, especialmente la cancioncilla satírica:

«Hoy por desgracia cada sastre
pretende ser ducho en lenguas y habla latín:
italiano y francés, a medias japonés
cuando está, el muy bruto, lleno de vino.»

Respondía al disgusto general por el deterioro de la lengua alemana, en cuyo cuerpo sensible las campañas italianas y suecas habían grabado sus huellas de herraduras y ruedas.

Cuando desde la puerta la posadera Libuschka les interrumpió preguntando si los «signores» gus-
tarían de un Boccolino Rouge, le contestaron en las
más conocidas lenguas extranjeras. Todos, incluido
Gerhardt, demostraron ser maestros en la parodia del
galimatías y Moscherosch, un sólido muchachote que
gustaba de celebrar el primero sus propias bromas,
pero tendía a la melancolía y pertenecía a la «Orden
de la Palma» con el nombre de «El Soñador», dio
nuevas muestras de su taller satírico. Puso en solfa
las obsesiones de la rima y las artes metafóricas de
los bucólicos y se autocalificó repetidamente de «buen
alemán», aunque su nombre tuviera origen moro. Lo
decía para los que tuvieran la intención de hacer juegos de palabras rimados. (El resto de vino que la
posadera mandó servir a las criadas era, por cierto,
de origen español.)

Luego Harsdörffer leyó de la primera parte
de su *Embudo Poético* varios consejos sobre cómo
seguir con el mayor provecho un curso rápido para
futuros poetas —«al fin y al cabo no es necesario
tomar seis clases seguidas en un solo día»—, para
terminar a gusto de todos con una breve alabanza,
leída del manuscrito: «la lengua alemana», más que
cualquier otra, es capaz de imitar los sonidos y ruidos
de cualquier criatura, pues «trina como la golondrina,
grazna como el cuervo, pía como el gorrión, mur-
mulla y susurra con los arroyos…».

Aunque nunca nos hubiéramos puesto de
acuerdo sobre si había que escribir «teutsch» o
«deutsch», cualquier elogio de lo alemán nos exalta-
ba. A cada uno se le ocurrió un nuevo ruido natural,
que demostrara la fuerza creadora del alemán. Pronto (y para disgusto de Buchner) se llegó a los hallaz-
gos lingüísticos acumulados de Schottel, alabándose
su «blanco-níveo-lechoso» y otras ocurrencias. Nos

hallamos de acuerdo en la necesidad del perfeccionamiento del lenguaje y de la utilización de términos autóctonos. Incluso la propuesta de Zesen, que sugería decir «jaula para doncellas» en vez de «convento de monjas» fue aceptada.

El largo poema de Lauremberg «De Poesía y rimas a la antigua», cuyos versos en bajo alemán atacaban con furia a los poetas modernos, que escribían en alto alemán, dividió de nuevo a la asamblea, aunque Lauremberg era difícil de combatir. Conocía de antemano los argumentos de sus adversarios —«En todas las cancillerías es común nuestra lengua. Lo que se escriba en alemán, debe estar escrito en alto alemán...»—, y oponía el honrado bajo alemán a la lengua altisonante, afectada, del alto alemán o alemán de cancillería, que unas veces se riza y otras se aglomera atosigado: «Es tan ridículo y tan confuso que no se sabe si es francés o alemán.»

Sin embargo, no sólo los modernos Zesen y Birken, sino también Buchner y Logau rechazaron cualquier dialecto como vehículo de poesía. Unicamente el alto alemán debía ser perfeccionado como instrumento cada vez más fino, para que —cosa que no conseguirían la espada y la lanza— barriera de la patria la dominación extranjera. Rist opinó que entonces había que terminar también con la morralla clasicista, con la invocación blasfematoria de las musas y de la pandilla de dioses paganos. Gryphius dijo que, en oposición a Opitz, había opinado durante largo tiempo que sólo el dialecto daba fuerza a la lengua principal, pero que después de su estudio en Leyden se había impuesto más rigor, no sin sentirlo.

Y de nuevo fue Gelnhausen el que habló desde la ventana: Si hacia el Rin se decía «Kappes» y entre el Ems y el Weser «Kumst», ambas veces se hablaba del repollo. No comprendía la disputa. El poema de Lauremberg había demostrado a todos los oídos, lo graciosa que sonaba la expresión dialectal en el discurso altisonante. Ambas cosas, pues, debían convivir juntas y mezcladas. El que sólo se preocupe de la limpieza y siempre le dé a la escoba, acaba por echar a escobazos a la vida.

Rist y Zesen quisieron hacer algunas objeciones, en combinación y el uno contra el otro, pero Dach dio la razón a Stoffel: También él dejaba fluir como leche su prusiano natal en algunos poemitas y había recogido lo que cantaba el pueblo, para que con ayuda del organista Albert, fuera apto para el canto más general. A lo que comenzó a cantar por lo bajo unos versos de «Anke van Tharaw es la que me gusta, es mi vida, mi bien y mi dinero...», pronto no ya solo, sino en coro con Lauremberg, Greflinger, Rist y con la potente voz de Gryphius, hasta que Anke del Samland finalizó la disputa lingüística: «Ella convierte la vida en el Reino de los Cielos, pero la disputa la volvió un infierno.»

Simón Dach levantó la sesión: la comida estaba servida en el comedor pequeño. Si a alguien parecía demasiado sencilla, que considerara que, hacía poco, croatas en busca de forraje habían requisado las provisiones de la posadera, se habían llevado las terneras, habían degollado los cerdos y habían consumido, o como se dice en plata «engullido», el último ganso. Pero habría para todos. Y la tarde ya había deparado placer con la réplica y contrarréplica.

Cuando despejaron la gran sala, apareció de nuevo entre ellos el estudiante de medicina. Miraba con unos ojos como de que en su excursión le hubiera sucedido un milagro. El párroco de la iglesia principal le había enseñado la Piedad de Telgte, escondida en un chamizo. Scheffler, que estaba a mi lado, le dijo a Czepko: que la Madre de Dios le había dado a entender que del mismo modo que Dios se encontraba en él, ella se encontraba en el regazo de todas las muchachas.

6

Lo que la posadera mandó servir a sus criadas no era tan escaso: en hondos cuencos humeantes gachas de mijo con panceta derretida y torreznos de tocino. Como acompañamiento había salchichas cocidas y pan moreno. Además el huerto, que estaba protegido detrás de la casa, rodeado de zarzas (y que los croatas debieron haber pasado por alto), ofreció zanahorias, cebollas y rábanos, que salieron crudos a la mesa y sabían bien con la cerveza negra.

Todos alabaron la sencilla pitanza. Y los más acostumbrados a manjares delicados afirmaron entusiastas: hacía tiempo que sus paladares no disfrutaban de tales bondades. Weckherlin renegó de la cocina inglesa. Hoffmannswaldau calificó el rústico condumio de banquete de los dioses. Harsdörffer y Birkenau se alternaban citando, en latín y traducidas al alemán, meriendas parecidas en poemas bucólicos de la antigüedad. Y en la cascada de palabras del párroco de Wedel, Rist, al que Dach había encargado de la bendición de la mesa, las gachas de mijo del Emsland se convirtieron en maná celestial.

Sólo Gelnhausen rezongó un rato y luego protestó en voz alta: ¡qué imaginaba Coraje! Tal bazofia no podía presentarse más que una sola vez a sus jinetes y mosqueteros, que tenían su modesto lecho en la cuadra. El Emperador les tenía prometido a diario, ya que la soldada no alcanzaba, pollos asados, carrillada de cerdo y pecho de buey. Si no se les presentaba algo más sustancioso, mañana mismo estarían con los suecos. Porque así como el mosquete requiere la pólvora seca, el mosquetero necesita que le den gusto. Y si Marte le retiraba su protección, Apolo, el del cuello de cisne, se vería expuesto a cualquier cuchillo de cocina, que anduviera por ahí suelto. O sea, sin protección militar se volatilizaría inmediatamente la disputa de poetas. Así que con la mayor delicadeza deseaba recordar a los señores que toda Westfalia —como Coraje sabía muy bien— y en especial la región de Tecklenburgo, no sólo estaba salpicada de arbustos; sino también de bandoleros a todo lo largo del Ems.

Dicho lo cual se retiró con Libuschka, que evidentemente comprendió que los jinetes y mosqueteros de Gelnhausen necesitaban un complemento. Dejaron un rato a solas a los literatos asustados o indignados por las descaradas palabras. Que se desahogaran con sus pláticas. Conseguirían difuminar con arte y palabras dactílicas, tras las que siempre estaban, el peligro que corría el encuentro; aunque se hundiera el mundo estos señores discutirían acaloradamente por versos bien o mal medidos. Además —y no sólo lo decía Gryphius con el preciosismo verbal de sus sonetos— todo era vanidad.

Por lo mismo, pronto los comensales se encontraron en torno a la mesa paladeando y masticando en plática literaria. En uno de los extremos, enfrente de Dach, Buchner exponía con palabras gesticulantes su desconfianza hacia el ausente Schottel, al que acusaba de atentar contra la «Orden Fructífera». A lo que Harsdörffer y su editor Endter, que tenían planes secretos con Schottel, parodiaron la manera de hablar del maestro. Por doquier se despellejaba a los ausentes, se entrecruzaban las discusiones, rebosaba la burla y se tiroteaba con palabras como piedras: los había que sentados a caballo en el banco, contaban mezquinamente los pies de los versos de Lauremberg, escritos en bajo alemán, mientras que Zesen y Birken la emprendían con el fallecido Opitz, cuyas reglas métricas eran calificadas de rígidas empalizadas y cuyas metáforas eran consideradas descoloridas. Ambos modernos acusaban a Rist, Czepko y (a escondidas) Simón Dach de someterse a las reglas de Opitz. Por otro lado Rist, sentado junto a Weckherlin y Lauremberg, se indignaba por la inmoralidad de los bucólicos del Pegnitz: en Nuremberg se permitía la presencia de mujeres en las sesiones de la «Orden de las Flores». Menos mal que Dach no había invitado a ninguna hembra. Ultimamente —ya se sabía— estaban de moda los rimados vapores anímicos de las damas.

En otra parte rodeaban a Gryphius, sentado, que a sus treinta años ya tenía un aspecto obeso. Las penas y el horror del mundo quizá le habían hinchado de tal modo. Su chaqueta burguesa tirante por todas partes. Su papada doble, dispuesta ya al tercer pliegue. Hablaba con voz de augur y sabía tronar, aunque le faltaran los rayos. En un círculo pequeño se dirigía retumbando a toda la humanidad, y la cuestión del hombre hallaba respuesta en siempre renovadas imágenes, que se sustituían las unas a las otras: por todas partes falacia. Gryphius instauraba en torno suyo la nada. Lo que hacía, siempre le resultaba repugnante.

Tan intensamente como se sentía obligado a escribir, tan elocuentemente renegaba de ello, una y otra vez. Su aborrecimiento de todo lo escrito e impreso era paralelo a su afán de ver impreso lo antes posible todo lo que escribía, por ejemplo tragedias que en el último tiempo se le daban bien, o comedias y sátiras. Por eso era capaz de pasar sin dificultad de esbozar escenas grandilocuentes a despedirse de la «literatura y futilidades parecidas», que al crearse ya se están desvaneciendo. Prefería —decía— ser útil, ahora que venía la paz. Desde hacía tiempo le venían insistiendo los estamentos de Glogau para que fuera su síndico. Tanto como antes había odiado la diplomacia acomodaticia de Opitz, hoy juzgaba necesaria la acción útil al bien común. Pues si en torno yacían en ruinas, más que el desolado campo, la ley y la costumbre, había que imponer en primer lugar orden al caos. Únicamente el orden daría al hombre desorientado un sostén. Los florilegios pastorales y los poemas sonoros de poco servían.

Tales palabras de rechazo a la palabra escrita provocaron en Logau, que estaba allí al lado, frases listas para imprimir: pan de cuero tendríamos, si el zapatero se metiera a panadero. Y Weckherlin dijo que sus casi treinta años al servicio del estado no valían ni una de sus odas, que por cierto daría a la imprenta, tanto las primeras como las de su vejez, en fecha próxima.

Tampoco los editores, que hasta ahora se habían dominado, permitieron que el discurso de Gryphius, que proclamaba con siempre nuevas imágenes la muerte de la literatura y el dominio ordenador de la razón, les impidiera husmear en torno a la mesa en busca de manuscritos logrados. La obra más reciente de Weckherlin ya estaba comprometida con Amsterdam. Moscherosch se dejaba cortejar por el librero de Hamburgo Naumann. Después de haber llegado prácticamente a un acuerdo con Rist, que publicaba hasta el momento en Lüneburg, sobre un voluminoso manuscrito en celebración de la paz inminente, el editor Endter en competición con el editor de Estrasburgo Mülben y el holandés Elzevihrn, intentó mover a Hoffmannswaldau a que les proporcionara —a uno, al otro o al tercero— el manuscrito del *Ruiseñor invencible* del fallecido jesuita Spee: estaban dispuestos a publicar material papista, con tal de que fuera bueno. Y Hoffmannswaldau daba esperanzas al uno, al otro y al tercero. Según chismorreaba más tarde Schneuber, los tres editores le pagaron adelantos. Pero el *Ruiseñor invencible,* de Friedrich von Spee, no fue publicado hasta el año 49 por Friessem en la católica Colonia.

Con todo esto fue anocheciendo. Algunos señores querían pasear aún por el jardín de la posadera, pero los mosquitos que venían flotando en velos desde el Ems, les ahuyentaron. Dach expresó su asombro por el testarudo afán de Libuschka, que, en medio de la maleza, las ortigas y los cardos, cultivaba sus verduras. Con la misma valentía había conquistado su amigo Albert en Lomse, la isla en el Pregel, el jardincito en torno al emparrado de calabazas. Nada quedó de aquello. Pronto no habría más remedio que alabar la flor de los días presentes, el cardo, como símbolo de los malos tiempos.

Estuvieron aún un rato en el patio o fueron estirando las piernas hacia el Ems, donde había un batán abandonado. Ahora se veía que una isla, situada delante de la ciudad, entre los brazos del río, era el lugar de su reunión. Hablaron como entendidos sobre la muralla de la ciudad, dañada y sin torres, y admiraron la pipa de tabaco de Moscherosch. Charlaron con las criadas, una de las cuales se llamaba Elsabe (como la amada del desaparecido Fleming), y, rodeados de los perros saltarines de la posada, hablaron en latín a las mulas atadas. Hicieron observaciones humorísticas o punzantes los unos sobre y contra

los otros, discutieron un poco si según la instructiva
escala cromática de Schottel podía calificarse el pelo
de la posadera Libuschka de «negro-carbón» o «negro-
pez» y el cielo anochecido de «gris-burro». Se rieron
de Greflinger, que a la manera de los alféreces suecos, con los pies muy separados, plantado entre los
mosqueteros les contaba de sus campañas bajo Baner
y Torstenson. Iban a dirigirse en grupos por la
carretera principal hacia la Puerta del Ems —pues
Telgte seguía siendo un lugar desconocido para los
escritores—, cuando entró cabalgando en el patio uno
de los jinetes imperiales de la sección de Stoffel, entregó a éste, que se hallaba delante de la puerta de la
cuadra, un despacho —y pronto lo supieron todos:
Trauttmannsdorff, el plenipotenciario del Emperador
había abandonado repentinamente —era un 16 de ju-
lio—, y con excelente buen humor Münster con dirección a Viena, dejando consternados al congreso y a
las partes negociadoras.

Inmediatamente la conversación se hizo política y se trasladó al pequeño comedor, donde se picó
un nuevo barril de cerveza negra. Sólo los jóvenes,
Birken, Greflinger e, indeciso, el estudiante Scheffler, permanecieron con Zesen en el patio y se arrima-
ron a las criadas. El que no agarraba, era agarrado
(como Scheffler); Zesen quedó con las manos vacías
y, ofendido por las burlas de Greflinger, corrió hacia
el río para estar a solas.

Pero apenas le vi erguido en el brazo exterior
del Ems, que se hundía profundamente en el suelo
arenoso, la corriente trajo a la orilla dos cuerpos
atados: reconocibles, a pesar de su descomposición,
como un hombre y una mujer. Tras breve titubeo
—para Zesen pasó una eternidad— soltaron su carne del entramado de juncos, giraron en la corriente,
juguetearon el uno con el otro, escaparon del remoli-

no, flotaron río abajo hacia las presas de los molinos, donde el atardecer se hacía noche, y no dejaron rastro; a no ser las posibles imágenes verbales que Zesen comenzó en seguida a rellenar con rebuscadas e insólitas palabras sonoras. Acosado por el lenguaje no tuvo tiempo de horrorizarse.

7

En el comedor pequeño se intercambiaban conjeturas mientras se bebía cerveza. Su sonrisa —y Trauttmannsdorff tenía fama de hombre taciturno— sólo podía significar el triunfo de los papistas, el provecho de Habsburgo, más pérdidas para el bando protestante y un nuevo aplazamiento de la paz, decían los señores, azuzándose mutuamente sus temores. Sobre todo entregado definitivamente a los jesuitas.

Se apartaron de Gelnhausen, que recibió la súbita partida del embajador imperial con sarcasmos: ¿a quién podía asombrar, si desde que había sustituido al gotoso Torstenson Wrangel no hacía más que guerra privada para su bolsillo y prefería caer en Baviera en busca de botín a ir sobre Viena a través de la devastada Bohemia? Además la causa protestante no estaba a buen recaudo en manos del francés, pues, como se cantaba en París, la austriaca Anna le zurcía a Mazarino los calcetines, mientras el cardenal le untaba a ella el real «coraje».

Sí, exclamó la posadera, ese juego lo conocía ella desde que era chica. Había estado casada siete veces, las más con capitanes de caballería imperiales, pero también con unos de Hesse y hasta con un danés. Y cada vez, ya hubiera bendecido la boda un clerical o un luterano, la habían tratado e insultado de Coraje. ¡Así eran los hombres! Los unos como los otros. Y Stoffel, al que habían llamado Simplón en Hanau, luego en Soest y, finalmente, en los baños donde ella estuvo curándose de los simpáticos franceses —le decían ¡Vete Simplón! ¡Ven Simplón! ¡Hale Simplón!—, tampoco tenía mucho más detrás de la bragueta que sus finados capitanes.

«¡Calla el pico, Coraje, que si no te lo cierro!», gritó Gelnhausen. ¿Acaso no sabía Libuschka que desde aquella cura en Suabia tenían una cuenta pendiente?

Ella sí que le iba a abrir su cuenta y cobrarle al Simplón veleta todos los críos que habían nacido a su paso por los diferentes acuartelamientos.

Qué chapurreaba de críos la Coraje, que no había puesto ninguno en el mundo y cabalgaba sorda en un burro, que no comía más que cardos. Ella misma era un cardo, que había que arrancar donde creciera. ¡Hasta la misma raíz!

A lo que la posadera Libuschka, como si Gelnhausen la hubiera picado de verdad, saltó sobre la mesa, pateando entre los jarros de cerveza hasta que éstos empezaron a bailar, levantó de pronto todas sus faldas, dejó caer los pantalones bombachos y volviendo el trasero a Stoffel le dio atinada respuesta.

«¿Qué te parece, Gryf?», exclamó Moscherosch. «¡Esta mujer sabría componer excelentes diálogos y finales de acto para los escribientes alemanes de tragedias!»

Todos rieron. Incluso el hasta entonces ceñudo Gryphius prorrumpió en carcajadas. Weckherlin deseaba volver a oír el «corajudo trueno», y como Lógau propuso un epigrama, según el cual al pedo le correspondía un significado superior del que su sonido transmitía, la asamblea pronto olvidó la preocupación que había conjurado la inesperada partida de Trauttmannsdorff. (Sólo Paul Gerhardt huyó despavorido a su aposento. Imaginaba bien el giro que iba a dar a la conversación de los señores el viento de la posadera.)

Dándole a la cerveza surgieron las insinuantes y procaces anécdotas. Moscherosch disponía de varios calendarios inéditos llenos de ellas. Con giros más oscurecedores que aclaratorios, Hoffmannswaldau relató sobre las pícaras aventuras de Opitz con las señoritas burguesas de Breslau y de cómo, sin embargo, había evitado pagar alimentos. El viejo Weckherlin vació el lodazal de vicios londinense, sintiendo un gran placer en desnudar a los hipócritas puritanos de la nueva clase dominante. De Schneuber escucharon indecencias sobre las damas aristocráticas, que se apiñaban en torno a Rompler, no sólo con afanes literarios. Lauremberg naturalmente también contribuyó. Cada cual abrió su barril. Incluso Gryphius cedió a la insistencia general y sacó a la palestra algunos recuerdos de su viaje a Italia: en su mayoría historias de monjes amancebados, que Harsdorffer intentó superar y que Hoffmannswaldau amplió a historias triangulares y cuadrangulares; los tres se confirmaban mutuamente su erudición, dando a conocer sus fuentes literarias francesas, cada vez que iniciaban una andanza de putas o finalizaban una peripecia de hábitos.

Cuando Simón Dach dijo asombrado que seguramente vivía en otro mundo, porque él no podía relatar sucesos parecidos del Kneiphof de Königsberg, que allí se vivía con rudeza, pero nunca tan manga por hombro, todos encontraron su intervención especialmente graciosa. Si la posadera Libuschka y Gelnhausen (ella de momento reconciliada con él, el «Simplón»), azuzados por Harsdörffer y algún otro, no hubieran narrado algunas historias, él de su vida

de soldado —la batalla de Wittstock—, ella de sus
días de cantinera en el campamento ante Mantua, y
luego añadido varias «aventuras de cama» de su es-
tancia común en los baños, la velada hubiera continuado entretenida con cuentos y más barriles de
cerveza. Pero cuando ambos empezaron a ensartar
detalles espantosos de los sucesos de Magdeburgo,
cuando cayeron sobre la ciudad Tilly y sus horrores,
su manera de narrar los hechos paralizó a la concurrencia: con descaro Libuschka enumeraba sus ganancias del saqueo. Presumía de haber llenado cestos
enteros con sartas de cuentas de oro, que decía haber
arrancado del cuello a las mujeres degolladas. Por fin
Gelnhausen le hizo una seña para que callara. El in-
fortunio de Magdeburgo sólo admitía el silencio.

En medio de éste dijo Dach, que era ya hora
de buscar el sueño. El descarnado relato de Stoffel
y más aún el de la posadera, provocados con cierta
frivolidad, demostraba a las claras dónde estaba el
límite de la diversión, cuán cara se pagaba la demasia-
da risa, que ahora se atravesaba en la garganta de
todos. Porque hasta el espíritu más sensible se había
acostumbrado al horror. Que Dios los perdonara y
socorriera en su bondad.

Como a niños envió Dach a los congregados
a la cama. Tampoco hubo un último trago, como
deseaban Lauremberg y Moscherosch. Dach no quería
más risas, ni siquiera en voz baja. Habían derrochado
bastante ingenio. Menos mal que el piadoso Gerhardt
se había retirado pronto a su aposento. En el fondo,
Rist —siempre tan dispuesto al sermón— debía haber acabado con la generalizada licencia. No, no, no
estaba enfadado con nadie. Al fin y al cabo él también había reído. Pero ya no quería hablar más. Mañana, cuando volvieran a leer manuscritos, para pro-

vecho de todos, estaría de buen humor con todos, como solía.

Cuando la casa estuvo en silencio —la posadera recogía en la cocina, seguramente acompañada por Gelnhausen—, Dach volvió a recorrer los pasillos y echó un vistazo al desván, donde dormían los jóvenes en la paja. Allí yacían con las criadas. A Birken le abrazaban como a un niño. Cómo se habían agotado. Greflinger despertó sobresaltado y quiso explicarse. Pero Dach le hizo una seña con el dedo, para que callara y permaneciera bajo la manta. Que estuvieran juntos. No se había pecado aquí, en la paja, sino en el comedor. (Y yo también había reído, había recordado historias, había querido incitar y, ya puesto a ello, colocarme entre los burlones.) Después de una última mirada, Dach se alegró, porque también el tímido Scheffler había conseguido una criada.

Cuando al fin se dirigió a su habitación, quizá para empezar una carta, oyó desde el patio caballos, ruedas de carro, los perros, luego voces. Será mi amigo Albert, pensó esperanzado Dach.

8

No venía solo. El organista de la catedral de Königsberg, Heinrich Albert, que como compositor y editor de cancioneros —sus «arias» periódicamente publicadas— se había hecho un nombre más allá de las fronteras de Prusia, traía consigo a su primo, el maestro de capilla en la corte de Sajonia, Heinrich Schütz, que iba de viaje a Hamburgo y, más allá, a Glückstadt, donde esperaba conseguir la anhelada invitación de la corte danesa: nada le retenía ya en Sajonia. A sus sesenta años, es decir, en la edad de Weckherlin, pero más entero que el suabo, quemado por el servicio al estado, Schütz era un hombre de autoridad distanciada y grandeza severa, que nadie (incluso Albert, sólo aproximadamente) era capaz de captar. Su aparición nada autoritaria, sino más bien preocupada por posibles molestias que pudieran ocasionar, dio realce a la asamblea de los poetas del Telgte, y al mismo tiempo una medida más modesta. Una personalidad que no cabía en ningún grupo se les había unido.

No quiero ser más listo de lo que fui entonces —pero todos lo sabían: Schütz, a pesar de la firmeza con la que creía en su Dios y la lealtad que había demostrado a su príncipe, a pesar de varias ofertas danesas, se sometía únicamente a su propio código.

Nunca, ni siquiera en obras menores, había cumplido con las expectativas mediocres de los protestantes corrientes. A su príncipe elector y a Christian, el danés, les había procurado sólo lo estrictamente necesario en cuanto a música cortesana. Aunque siempre activo —como si se encontrara en medio de la vida— rechazaba la habitual afanosidad. Si los editores de sus obras le pedían añadiduras útiles para el uso eclesiástico, como por ejemplo la notación del bajo continuo, Schütz lamentaba en el correspondiente prólogo el añadido y advertía contra su uso: el «basso continuo», si es utilizado, debía ser parcamente empleado.

Nadie se fundaba tanto en la palabra como Schütz, y como su música servía exclusivamente a la palabra, para interpretarla, animarla, subrayarla en su gesto y elevarla, expansionarla y sumergirla en todas las profundidades, lejanías y alturas, era severo con las palabras y se atenía o bien a la liturgia latina tadicional o bien a la palabra bíblica de Lutero. Hasta ahora se había abstenido de hacer uso de las obras de los poetas contemporáneos en su producción principal, la música sacra, con excepción del *Salterio,* de Becker, y algunos textos del joven Opitz; los poetas alemanes, a pesar de lo mucho que nos había asediado con peticiones de textos, no le habíamos interesado. Por eso Simón Dach se sobresaltó, antes de alegrarse, cuando oyó el nombre del huésped.

Estuvieron un rato en el patio intercambiando cortesías. Schütz se excusó una y otra vez de venir sin estar invitado. Como para presentarse aseguró que algunos de los señores (Buchner, Rist, Lauremberg) le eran conocidos desde hacía años. Dach, por otro lado, intentó dar expresión al honor que se les hacía. La guardia imperial de Gelnhausen se mantenía con antorchas al fondo, pues los mosqueteros creían asistir a la llegada de un príncipe, aun cuando su vestido era burgués y su equipaje podía llevarse de dos asas. (El otro huésped debía ser el ayuda de cámara del príncipe.)

Dijeron haber venido por Oesede, donde se les indicó que siguieran a Telgte. Como Schütz viajaba con un salvoconducto del príncipe elector sajón, obtuvieron fácilmente nuevos caballos para el coche. Con orgullo casi infantil Schütz mostró el escrito, como identificándose, y añadió charlando que no había tenido ningún percance en el camino. La luna iluminaba el paisaje llano, que aparecía yermo y desolado. Ahora estaban más cansados que hambrientos. Pero si no había una cama libre para él, se contentaría con dormir en el banco de la estufa. Conocía las posadas. Su padre regentaba en Weissenfals, a orillas del Saale, la «Posada del Arquero»: un establecimiento a menudo abarrotado.

Con dificultad consiguieron Dach y Albert convencer al maestro de capilla de que ocupara el aposento de Dach. Cuando apareció la posadera (con Gelnhausen al fondo) y oyó el nombre del huésped, le saludó precipitadamente con exuberancia italiana llamándole «Maestro Sagittario». Más sorprendidos —Schütz algo asustado— quedaron los que estaban en el patio cuando Gelnhausen después de haberse metido solícito entre el equipaje del rezagado huésped, entonó de pronto con agradable voz de tenor el principio del primer motete —«O bone o dulcis o benigne Jesu»— de las *Cantiones sacrae,* piezas más bien supraconfesionales, por eso difundidas hasta las regiones católicas.

Stoffel explicó que siendo mozo de intendencia en Breisach, cuando la ciudad fue asediada por los ejércitos de Weimar, cantaba en el coro, porque cantar ahuyentaba el hambre. Luego cogió el equipa-

je y con Schütz todos le siguieron, la posadera ce-
rrando la marcha; por deseo del huésped llevaba a
la habitación un jarro de sidra y pan negro.

Más tarde, Libuschka preparó en el comedor
pequeño un lecho improvisado para Dach y Albert,
que se habían negado a ocupar el cuarto de la posadera, junto a la cocina. Hablaba Libuschka, sobre
todo dirigiéndose a Albert, de lo difícil que era para
una mujer sola mantener la honestidad, de la belleza
que había poseído en otro tiempo y de los desagui-
sados que le habían obligado a aprender... Por fin,
Stoffel la sacó por la puerta. Un pegamento muy
especial les obligaba a formar pareja a él y a Coraje.

Pero apenas desaparecieron los dos, cuando
nuevas molestias vinieron a agobiar a los amigos. En
la ventana apareció la cara espantada de Zesen: venía
del río. Y éste arrastraba cadáveres. Primero había
visto flotar dos. Que le recordaron, por ir atados,
a su Markhold y a su Rosemunde. Luego descen-
dieron más y más cadáveres por el río. La luna le
mostró carne a la deriva. No encontraba palabras para
expresar tanta muerte. Veía signos terribles gravitar
sobre la casa. Nunca habría paz. Porque no se mantenía pura la lengua. Porque las palabras deformadas
se hinchaban como cadáveres en la corriente. Iba a
escribir lo que había visto. Exactamente. En seguida.
Y encontraría el tono nunca oído.

Dach cerró la ventana. Por fin estaban a solas los dos amigos después de escuchar primero asustados, luego divertidos al enloquecido Zesen. Se
abrazaron una y otra vez, dándose palmadas en la
espalda y murmurando sonrientes y tímidos ternezas,
que no hubieran cabido en ningún verso dactílico.
Asqueado por tanta historia obscena, Dach había
mandado hacía un rato a todos los poetas a sus habitaciones sin concederles una última copa, pero ahora

llenó unos jarros de cerveza negra para Albert y para sí mismo. Brindaron varias veces.

Cuando ya estaban echados y a oscuras, el organista de la catedral contó lo difícil que había sido movilizar a Schütz. Su desconfianza hacia los poetas y sus excesivas palabras había crecido en los últimos tiempos. Después de que Rist no le entregó lo prometido y que los libretos de Lauremberg le habían hecho mal servicio en la corte danesa, Schütz se había metido con una comedia cantada de Schottel. La alambicada palabrería de aquél todavía le estaba fastidiando. Unicamente la esperanza de que Gryphius leyera un texto dramático adecuado para una ópera, había persuadido a su famoso primo a desviarse hasta Telgte, no el parentesco con él, Albert. Ojalá algún texto hallara indulgencia ante sus severos ojos.

En la oscuridad, Simón Dach expresó su preocupación de que el grupo de literatos, tan mezclado y dispuesto a la pelea como estaba, se comportara como Dios manda ante tan egregia visita: el violento Greflinger, el difícil Gerhardt, el excitable y casi trastornado Zesen, al que acababan de ver...

Con estas preocupaciones les rindió el sueño. Sólo las vigas de la «Posada del Puente» estaban despiertas. ¿O acaso sucedían más cosas en la noche?

9

En la habitación que compartía con su rival Rist, Zesen estuvo aún largo rato ensartando palabras consonantes hasta que cayó dormido sobre un verso en el que cadáveres pútridos y putrefactos se parecían a la carne de Rosemunde y a la suya.

Entretanto, pasó delante de la posada un correo de Osnabrück y cruzó el Ems con dirección a Münster; otro cabalgó en dirección contraria: ambos corrían con noticias que llegadas a su objetivo habrían perdido vigencia. Los perros ladraron.

Luego la luna llena, que se había entretenido mucho tiempo encima del río, se instaló sobre la posada y sus huéspedes. Nadie escapó a su influencia. La luna irradiaba inquietud.

Por eso, seguramente, las tres parejas que dormían en la paja del desván cambiaron de lugar y de compañía; porque cuando despertaron al amanecer Greflinger, que al comenzar la noche en la paja estaba junto a la criada menuda, se encontró junto a la huesuda, llamada Marthe. La criada opulenta, en cambio, con el nombre de Elsabe, que al principio acompañaba al tímido Scheffler, se halló al lado de Birken, mientras que la menuda Marie, que correspondió primero a Greflinger, dormía como encadenada a Scheffler. Y cuando despertaron, los unos junto a los otros y se vieron emparejados extrañamente (influidos por la luna), no quisieron yacer así, pero ignoraban el nombre del que se había echado al principio con ellos en la paja. Cada cual creía a cada nuevo cambio, haber dado con su pareja original, pero la luna llena, ya lejana, seguía actuando. Como llamado por aquella inconstante Flora, que había dado dulzura a sus versos, pero que desde hacía años pertenecía a otro hombre, Greflinger, toda la espalda cubierta de vello negro, buscó a la opulenta Elsabe; la menuda Marie se lanzó sobre Birken, el de la boca de angelote, que ya estuviera con la huesuda, la oronda o, como ahora, con la criada más menuda, se creía entre ninfas; y la larguirucha Marthe de grandes huesos atenazó a Scheffler entre sus piernas, para cumplir como antes lo hicieran la criada gorda y la más delicada de las criadas, aquella promesa, que el día anterior le hiciera la Piedad de Telgte. Y una y otra vez el alma del frágil estudiante parecía querer volatilizarse en cada efusión.

Así sucedió que los seis empezaron a trillar la paja en el desván por tercera vez, con lo que cada poeta había conocido a cada criada, y cada criada a cada poeta. No es de extrañar que los amantes no oyeran lo que sucedió muy de mañana.

Yo lo sé. Cinco jinetes condujeron sus caballos ensillados de la cuadra al patio. Gelnhausen estaba entre ellos. Ninguna puerta chirrió, ningún hierro sonó. Los caballos sin un ruido iban al paso. Sus cascos estaban envueltos con trapos. Y con mano segura —no restalló ningún cuero, la lanza del carro bien aceitada— dos mosqueteros engancharon los caballos a uno de los carros, que los imperiales habían requisado en Oesede. Un tercero trajo los mosquetes. No fue necesaria ni una palabra. Todo se desarrolló como si estuviera preparado. Los perros de la posada no rechistaron.

La posadera, sin embargo, cuchicheaba con Gelnhausen, al que quizá daba órdenes, pues Stoffel ya a caballo asintió varias veces, dando fin a su palabrería. Como siguiendo un designio Libuschka (llamada Coraje), envuelta en una manta de caballo, estaba al lado del antiguo cazador de Soest, al que seguían sentando bien el jubón verde, abrochado con botones de oro y el sombrero con la pluma.

Sólo Paul Gerhardt despertó en su cuarto, cuando los caballos arrancaron con el carro y los imperiales salieron cabalgando del patio. Pudo ver cómo Gelnhausen se volvía en la silla, desenvainaba la espada y con la otra mano decía adiós riendo a la posadera. Ella no hizo ningún gesto, sino que permaneció en el patio inmóvil bajo su manta, cuando los jinetes y el carro desaparecieron tras los chopos y fueron tragados por la Puerta del Ems.

Ahora empezaron los pájaros. O ahora oyó Gerhardt con cuántos pájaros había comenzado la mañana en los alrededores de Telgte. Las alondras, los pinzones, mirlos, paros, los estorninos. En el saúco detrás de la cuadra, en el haya, que crecía en medio del patio, en los cuatro tilos plantados en el lado norte de la «Posada del Puente», en la espesura de abedules y álamos, invadida por la maleza de la orilla exterior del Ems, y también en los nidos, que los gorriones habían construido en el tejado de cañas, carcomido y deteriorado en su vertiente trasera: en todas partes comenzó la mañana con el canto de los pájaros. (En el lugar ya no había gallos.)

Cuando la posadera Libuschka volvió en sí y abandonó el patio arrastrando los pies y sacudiendo la cabeza entre lloriqueos, era una mujer vieja —ella, que ayer había dado órdenes con voz chillona y había parecido a los señores un objetivo aún considerable, era ahora una mujer sola, envuelta en su manta de caballo.

Por eso Paul Gerhardt, al comenzar su oración matinal, incluyó a la pobre Coraje en sus plegarias: que Dios nuestro Señor y Padre misericordioso no castigara demasiado con su cólera a esa desdichada mujer y le perdonara sus futuros pecados, pues la guerra la había convertido en lo que era y la había bestializado como a otros hombres buenos. Luego rogó, como solía todas las mañanas desde hacía años, por la paz pronta, que diera protección a los seguidores de la verdadera fe, y a los equivocados y a los que negaban al Dios verdadero, entendimiento o merecido castigo. Entre los equivocados el piadoso Gerhardt no sólo incluía, como era obligado para un luterano viejo, a los católicos del partido clerical, sino también a los hugonotes, a los seguidores de Zwinglio y Calvino y a los iluminados místicos; por eso le resultaba inquietante la efusión piadosa de los silesianos.

Gerhardt no era piadoso más que en su concepto de Dios —y en sus canciones que trascendían más allá de lo que él toleraba en su estrechez de miras—. Desde hacía años, desde que se afanaba como preceptor en la urbana Berlín y esperaba en vano obtener una rectoría, acudían a su pluma palabras sencillas, que aunque escasas eran suficientes para rimar en múltiples estrofas siempre nuevas canciones para la comunidad protestante, de modo que en las familias y en donde la guerra había dejado en pie las iglesias (incluso en regiones católicas) se cantaban las obras del piadoso Gerhardt: a la manera tradicional y con sencillas melodías, que le componían Crüger y más adelante Ebeling, como en la canción matutina: «Despierta corazón y canta...», cuya primera estrofa, dedicada «...al Creador de todas las cosas, al Otorgador de todos los bienes, al Misericordioso Pastor de los hombres...», había sido dada al papel de camino hacia Telgte y a cuyas nueve estrofas pondría música poco después Johann Crüger.

Aunque Gerhardt hubiera podido, no deseaba por nada en el mundo y para nadie en absoluto escribir odas, artificiosos poemas consonantes, sátiras o incluso licenciosos poemas bucólicos. No era un literato y se había inspirado más en la canción popular que en las enseñanzas de Opitz (y su lugarteniente Buchner). Sus composiciones rezumaban naturaleza y no hablaban en metáforas. Por eso se había negado al principio a participar en el congreso de poetas. Unicamente por dar gusto a Dach, cuya piedad práctica encajaba todavía en su concepto de la religión, había acudido a Telgte, para escandalizarse por todo como era de esperar: por las ingeniosidades constantes de Hoffmannswaldau, por el vano e inagotable horror del mundo exhibido por Gryphius, por el confuso esteticismo verbal del —según decían— talentudo Zesen, por la eternamente repetida sátira de Lauremberg, por las ambigüedades pansóficas de Czepko, la lengua maldicente de Logau, la estridencia de Rist y el afanoso ir y venir de los editores. Todo esto, amén de la palabrería atropellada de los literatos y su siempre imaginaria omnisapiencia, le resultaba tan odioso, que representándose, como se representaba, únicamente a sí mismo (y a su tozudez), sin pertenecer a ninguna asociación literaria, estuvo a punto de volverse a casa nada más llegar; pero el piadoso Gerhardt se quedó.

Y continuando su oración matinal, después de rogar por la salvación de la abominable posadera y la condenación de los enemigos de la fe verdadera, imploró fervientemente iluminación para su príncipe calvinista, que invitaba por cientos a hugonotes y otros herejes a colonizar la Marca, por lo que Gerhardt no podía amarle. Por fin incluyó a los poetas en sus plegarias.

Pidió a Dios, Padre todopoderoso, que inspirara con las palabras justas a los muy sabios, pero también abismalmente errados señores: al mundano y astuto Weckherlin y a Moscherosch, sospechoso por su origen, al malvado Greflinger e incluso al desequilibrado Stoffel, aunque éste era católico. Con los dedos entrelazados arrancó a su devoción el siguiente ruego: que la reunión exaltara en todo la gloria del sumo Juez.

Como apéndice a su oración matinal, pidió para su persona la tan anhelada adjudicación de una rectoría, preferiblemente en la Marca. Pasarían aún cuatro años hasta que Paul Gerhardt obtuviera la parroquia de Mittelwald, donde por fin se unió en matrimonio al ya encanecido amor de sus tiempos de preceptor, su discípula Anna Berthold, y siguió escribiendo estrofas y más estrofas.

Entonces Simón Dach hizo sonar la campana en el comedor pequeño. Quien aún no estaba despierto, fue arrancado del sueño. Los jóvenes se encontraron en el desván en la paja y sin criadas. Marthe, Elsabe y Marie se afanaban en la cocina. Cortaban pan ya duro para la sopa del desayuno, de la que también comió el extraño, pero de todos conocido, Heinrich Schütz, sentado entre Gerhardt y Albert en la larga mesa.

10

Así de brillante comenzaba este día de verano. Por todas las ventanas entraba pujante la luz y daba un atisbo de calor a la casa, que la humedad de los muros mantenía fresca. Y a esto se añadía la alegría de los señores por tan egregia visita.

Inmediatamente después de la sopa matinal y aún en el comedor pequeño (cuando Czepko, esta vez, hubo terminado la oración de gracias), Simón Dach dijo de pie a todos: antes de dedicarse nuevamente a los manuscritos era obligado dar la cordial bienvenida al muy famoso invitado, pero de modo más pormenorizado de lo que él, un simple aficionado a la música, podría hacerlo. Su amigo Albert —como llamó al organista catedralicio— era más ducho en motetes y madrigales. A él, Dach, por falta de conocimientos, le correspondía simplemente la veneración admirativa. El no servía más que para cancioncillas con bajo continuo. Luego se sentó: aliviado.

Tras unos circunloquios de introducción Heinrich Albert se explayó sobre la vida del invitado: de cómo el joven Schütz, aunque destinado por sus padres al estudio de las leyes, había aprendido la composición musical con la protección primero del landgrave de Kassel, luego del príncipe elector sajón, precisamente en Venecia con el famoso Gabrieli, al que

hubiera podido suceder como organista de los dos
órganos de la catedral de San Marcos, si la vuelta
a la patria no le hubiera resultado más importante.
Más adelante, cuando la guerra hacía atroces estragos
en el país, obtuvo de nuevo permiso para ir a Italia,
para ampliar conocimientos con el famoso Monteverdi, después de lo cual, y habiendo conseguido igualarle en maestría, había vuelto con la música más
nueva y tan dueño de sus facultades, que fue capaz
de convertir en música las penas y alegrías de los
hombres: su silencio amedrentado y su furia, su vigilia fatigada y su sueño sobresaltado, sus ansias de
morir y su temor de Dios, y también la exaltación y
la bondad de éste. En general había utilizado para
ello las palabras de la Escritura, únicas verdaderas.
En innumerables obras, como sus conciertos sacros
o exequias musicales, su *Historia de la Resurrección*
o su *Pasión de las siete palabras del Señor en la Cruz,*
compuesta hacía sólo dos años. Se trataba de composiciones todas ellas a un tiempo severas y delicadas, sencillas y complicadas. Por lo que la mayor parte había demostrado ser demasiado difícil para el
chantre corriente y los coristas insuficientemente formados. El mismo Albert se había estrellado a menudo
con aquella intrincada polifonía, por ejemplo recientemente cuando con motivo de la fiesta de la Reformación intentó ensayar con su coro de la Corte el
salmo 98 «¡Alabad al Señor!», cuyo doble coro le
había hecho fracasar estrepitosamente. Sin embargo,
no quería venirle al maestro, en tan feliz ocasión, con
la eterna queja del que está dedicado al servicio práctico de la Iglesia, sobre todo porque el mismo maestro de capilla sajón sabía por experiencia lo difícil
que era en estos interminables y revueltos tiempos
de guerra, encontrar cantores y violinistas aceptables.
Incluso en la orgullosa Dresden había escasez de ins-

trumentos. Los virtuosos franceses, al no ser remunerados, buscaban la protección de príncipes pun-
tuales. Apenas si se podía mantener a los pocos
escolanos. Ojalá Dios se apiadara, para que por fin
volviera la paz y todos pudieran ser tan diestros
como el maestro exigía en su rigor.

Albert anunció de paso que Schütz deseaba
estar presente en la lectura de manuscritos, porque
esperaba inspirarse, ya sea para componer madrigales
sobre textos alemanes, como lo hacía Monteverdi en
su lengua, ya sea para escuchar algún texto dramático, que pudiera servirle como libreto para una ópera,
del mismo modo que la *Dafne* de Opitz había sido
propicia para su música hacia veinte años. Aún hoy
deseaba agradecer al maestro Buchner, aquí presente,
su mediación de entonces.

Los poetas esperaron la réplica del invitado
con cierta ansiedad, pues mientras todos escuchaban
las alabanzas de Albert, sus quejas sobre el difícil
arte compositorio del maestro y, al final, las peticiones de éste, Schütz no se había inmutado. Tampoco
se contrajo con más dolor su frente surcada sobre las
altas cejas, y aún menos se relajó. Sus ojos impertur-
bables y atentos estuvieron fijos en algo triste situado fuera de la habitación. Su boca, debajo y encima
de la barba, que cuidadosamente cortada se parecía
a la que ostentaba el desaparecido Gustavo Adolfo,
descendía en las comisuras. Su cabello pálido, pei-
nado desde la frente y las sienes hacia atrás. Su calma apenas agitada por la respiración.

Cuando por fin habló, sus frases de agradecimiento fueron breves: él sólo había continuado las
enseñanzass de Juan Gabrieli. Quizá les pareció curioso a los poetas, por no decir un poco ridículo,
aquel amago de infantilismo con que el maestro, tan
comedido en todo, enseñó a los que se congregaban

en torno a la mesa un anillo en su mano izquierda: se lo había regalado Giovanni Gabrieli poco antes de su muerte, como signo de amistad. Despachó la cuestión de la dificultosa polifonía, planteada por Albert, con una frase: el arte exige tal virtuosismo, si sigue la palabra de Dios. Formuló luego la primera crítica, que, aunque dicha en voz baja, fue entendida por toda la mesa: quien quisiera cosas fáciles y ajenas al arte, que se dedicara a la canción estrófica rimada y recurriera al bajo continuo. Y ahora estaba ansioso, dijo, por oír lo que él no sabía hacer: componer palabras con arte.

Schütz, que había hablado sentado, se puso en pie y, sin permitir que Dach tomara de nuevo la palabra, dio la señal para el traslado a la espaciosa sala. Todos abandonaron la mesa, excepto Gerhardt que se sentía personalmente aludido por los desdeñosos términos en que Schütz había hablado de la canción estrófica rimada. Weckherlin tuvo que tranquilizarle y, por fin, arrastrarle consigo.

Más dificultades tuvo Dach con Gryphius que, por el momento, no pensaba dar lectura a la tragedia que había terminado recientemente en Estrasburgo, de vuelta de Francia. La leería, si se empeñaban, pero no de inmediato, sólo porque así le apeteciera a Schütz —con todos los respetos a su autoridad—. Que para las pomposidades cortesanas le faltaba pasión. Que Dach llamara primero a los otros a la palestra, por ejemplo a los jóvenes. Parecía que no les había sentado bien la noche. Bostezaban a tres voces. Andaban con rodillas flojas. Hasta a Greflinger se le había cortado el habla. Quizá el verso propio, que adormila al prójimo, espabilara a sus autores. Dach comprendió sus argumentos. Pero cuando Rist y Moscherosch intentaron convencerle, para que permitiera abrir la sesión con un manifiesto que ambos, aconsejados por Hoffmannswaldau y Harsdörffer, habían estado escribiendo hasta altas horas de la noche, habían corregido de madrugada y querían dirigir a sus príncipes como llamamiento de los poetas alemanes a la paz, el maestro del Kneiphof temió por el equilibrio de su familia literaria: «¡Luego, hijos míos, luego!», exclamó. «Primero solacemos al señor Schütz con el fruto de nuestras vigilias. La política es el cónyuge gotoso de la paz. No se nos escapará.»

En la sala, los poetas se habían sentado como ya era costumbre. Fuera oíamos más lejanas que el día anterior las mulas atadas en la maleza de la isla del Ems. Alguien (¿Logau?) preguntó dónde estaba Stoffel. Gerhardt calló. Cuando Harsdörffer repitió la pregunta, la posadera nos dio explicaciones: al secretario de regimiento le reclamaron negocios urgentes en Münster. De madrugada.

De nuevo risueña, Libuschka corría ligera de un lado para otro. Llevaba el pelo rizado. No había escatimado el ungüento para la sarna. Sus criadas recibieron orden de colocar un sillón con anchos brazos en el semicírculo. Iluminado lateralmente por la luz de la ventana y algo elevado, Heinrich Schütz ofrecía a la asamblea su preocupada frente.

11

Era todavía muy de mañana cuando comenzó el segundo día de lecturas. Esta vez había un adorno junto al taburete aún vacío del lector: un cardo espigado extraído de la huerta de la posadera y plantado en un jarrón de barro. Así, aislado y ensimismado, el cardo era hermoso.

Sin aludir al «símbolo de tiempos bárbaros y guerreros», Dach pasó al orden de lectura. Apenas había ocupado, como con rutina, su sillón de frente al semicírculo, llamó primero a los jóvenes, Birken, Scheffler, Greflinger, para que uno tras otro dieran lectura a sus textos desde el taburete situado a su lado.

Sigmund Birken, un hijo de la guerra, nacido en Bohemia, que huyó a Nuremberg y encontró allí entre los poetas bucólicos del Pegnitz, en torno a Harsdörffer y Klaj, un ambiente idílico y protección de casas patricias, era un joven acalorado también en temas teóricos, como demostró su lectura del día anterior. Sus canciones devotas, sus composiciones bucólicas, medio en prosa, medio en verso, y sus dramas alegóricos gustaban en la «Orden pastoril», donde figuraba como «Floridán», y en la «Sociedad Filogermánica» de Zesen, en la que era conocido como «el Olfateador». Años más tarde su montaje del

triunfo de *La retirada de la guerra y la entrada de
la paz en Alemania*, celebrado en Nuremberg, reci-
biría especial aplauso de invitados militares: Birken
sería ennoblecido por el Emperador y recibido en la
«Orden de la Palma» silesiana, con el nombre de «el
Adulto». Siempre, en casa y de viaje, escribía metódicamente su diario, por lo que un «diarium» adornado con guirnaldas de flores formaba parte de su
equipaje en la paja del desván del «Brückenhof».

El onomatopéyico Birken, que convertía todo
en sonido y forma y que no expresaba directamente
un sentimiento fresco, sino que lo transformaba de
inmediato en metáfora, leyó algunos de sus elabora-
dos poemas-figuras, en los que el texto se amontonaba en forma de cruz y de corazón, estrechándose
aquí, ensanchándose allá, con gran belleza, que sin
embargo no fue apreciada por los congregados, al no
transmitirse la forma en la lectura. Más aplauso obtuvo un poema, en el que la paz y la justicia intercambiaban entre jugueteos verbales «...los besos más
dulces».

Lo que Harsdörffer y Zesen alabaron como
innovación revolucionaria (el uno en tono erudito, el
otro con elucubraciones desorbitadas), dio motivo
a Buchner para extensas objeciones, permitió a Moschrosch la parodia del método, especialmente la rima
«sudor-dulzor» en el poema en forma de corazón, so-
livianó al predicador Rist: por fortuna el pobre Opitz
no había tenido que escuchar tal cacofonía de Birken pasado por Zesen.

Al viejo Weckherlin le gustó «el gracioso tumulto de palabras». Logau, como siempre, fue breve:
cuando faltaba el contenido, el chinchín formal podía
campar por sus respetos.

Después tomó asiento junto al cardo Johannes
Scheffler, que, pronto, siendo médico, se convertiría

al catolicismo y, consagrado sacerdote (con el nombre de Angelus Silesius), impulsaría la contrarreforma de los jesuitas. Titubeando primero y perdido entre sus palabras, luego más sereno, quizá porque le animara la exclamación de Czepko «¡Adelante, estudiante!», recitó una primera versión del himno religioso que luego sería entonado por todas las confesiones: «Te amaré, oh fortaleza mía...» También leyó algunas sentencias que hasta diez años más tarde no se harían famosas en su versión definitiva, bajo el título de *Caminante querubínico,* y que ahora desorientaron a la concurrencia porque versos como éste: «Yo sé que, sin mí, Dios no puede vivir ni un instante», o incluso este otro: «Cuando Dios se refugió en el regazo de una virgen, el punto circunscribió al círculo», no hallaban eco, excepto quizá en Czepko y Logau.

Gerhardt saltó como si le hubieran pinchado: ¡Otra vez asomaba la herejía silesiana! El maldito Schuster seguía hablando a través de sus discípulos. ¡Engaño e iluminismo! Pero él les prevenía del falso brillo del contrasentido, que abusaba del nombre de Dios.

Como párroco de la comunidad de Wedel, Rist se sintió obligado a apoyar a Gerhardt en todo lo dicho, como si estuviera en el púlpito: pero añadió que no quería puntualizar, porque sospechaba veneno papista en tales juegos conceptuosos.

Sorprendió que el luterano Gryphius intercediera en favor de Scheffler: a pesar de lo extraña que le resultaba, le hacía bien la armonía de aquel orden maravillosamente cerrado.

A continuación leyó Georg Greflinger, al que Dach dedicaba su favor y su preocupación paternales: un muchacho alto y corpulento, al que, siendo todavía niño, la guerra arrancó de entre sus ovejas, llevó has-

ta Regensburgo, metió en el ejército sueco e hizo
tan inestable que estaba constantemente de camino
entre Viena y París, Frankfurt, Nuremberg y las ciudades del Báltico, enredado en múltiples amoríos.
Hacía poco la hija de un artesano de Danzing, llamada
Elisa, había despreciado su promesa de matrimonio
más duradera, y Scheffler la había convertido en la
inconstante Flora de sus poemas. Al año siguiente
tomaría esposa en Hamburgo, se sosegaría y, aparte
de dedicarse a describir la Guerra de los Treinta Años
en 4.400 versos alejandrinos, emprendería un lucra-
tivo negocio consistente en una agencia de noticias, a
la que siguió, a partir de los años cincuenta, el sema-
nario *Mercurio Nórdico*.

Totalmente entregado a lo terreno, Greflinger
recitó dos cancioncillas eróticas, que se prestaban a
la lectura en voz alta porque celebraban con gracia
la infidelidad, como la primera —«Cuando Flora re-
zongaba...»— o exaltaban descaradamente el amance-
bamiento como la segunda —«Hylas no quiere tener
esposa...»—. Mientras el joven declamaba sus donai-
res, parodiándose a sí mismo y a sus aires militares,
la concurrencia se divertía. Sus versos «No quiero
amar a una sola, sino variar, variar...» provocaron
pequeñas carcajadas. Por respeto a Schütz, los oyentes se contuvieron. Dach y Albert, que participaron
de la broma, no contradijeron, sin embargo, a Gerhardt, cuando, en la discusión crítica que siguió a la
lectura, se expresó en contra de las alabanzas de
Moscherosch y Weckherlin: rimas chabacanas como
aquellas eran para cantadas en el arroyo. ¿Acaso pretendían atraer la cólera de Dios sobre todas sus cabezas?

Heinrich Schütz callaba.

Entonces se armó un alboroto, porque a las
tres criadas de la posadera, que (con permiso de

Dach) escuchaban al fondo, les había entrado la risa
con la cancioncilla amorosa de Greflinger, y no podían parar; casi se ahogaban, y resoplaban de manera tan contagiosa, daban tales jipíos y aullidos y se
desgañitaban de tal modo, que toda la asamblea fue
arrastrada por Marthe, Elsabe y Marie. Harsdörffer
se atragantó, y su editor le tuvo que dar golpes en
la espalda. Incluso al impertérrito Schütz le arrancó
una sonrisa el número a tres voces. A través de
Schneuber se extendió la anécdota que difundía Lauremberg: que la excitable Marthe se había orinado
de risa. Nuevas carcajadas. (Vi cómo Scheffler se son-
rojaba.) El devoto Gerhardt vio confirmada su opinión: «¿No lo dije? ¡Para el arroyo! ¡El arroyo mal-
oliente!»

Por fin Simón Dach, después de mandar a
las criadas a la cocina con la mirada y un gesto enér-
gico, invitó a Andreas Gryphius a leer su tragedia
Leo Armenius. (En un aparte a media voz rogó a
Schütz que perdonara las «niñerías» a la asamblea.)

Al sentarse Gryphius se hizo el silencio inmediatamente. Primero miró fijamente hacia las vigas del
techo. Luego habló con voz fuerte, Gryph, como le
llamaba Hoffmannswaldau, su amigo de la infancia,
tan metódicamente distinto a él: «Ahora que nuestra
patria yace enterrada en sus propias cenizas, convertida en un escenario de la vanidad, quiero mostraros
la fugacidad de las cosas humanas en el presente drama trágico...» Luego explicó que *Leo Armenius* estaba dedicado al comerciante Wilhelm Schlegel, su
muy benévolo protector, allí presente, porque la pieza
dramática en cuestión había sido escrita durante los
viajes con Schlegel y se debía exclusivamente a su
apoyo. A continuación describió brevemente la acción,
citó Constantinopla como lugar de la conspiración del
capitán Michael Balbus contra el emperador Leo Ar-

menius y aseguró al semicírculo de oyentes que la
subversión del viejo orden no constituía en sí uno
nuevo.

Gryphius comenzó entonces a leer, dando importancia a cada palabra, pero excediéndose sin duda
en el número de páginas —algunos oyentes, no sólo
los jóvenes, sino también Weckherlin y Lauremberg,
se durmieron—, el discurso conspirativo de Balbus:
«La sangre que habéis arriesgado por el trono y la
Corona...», intercalando las frases de sus compañeros de conjura: «¡Que él pague lo que hizo! El día
clarea...!» hasta el juramento de Crambe: «¡Dame
tu espada! Juramos convertir en polvo liviano el temible poder del soberano...»

Después leyó la escena de la detención, cua-
jada de interjecciones —«¡Oh, cielos! ¿Qué es
esto?»—, que el capitán maniatado terminaba con
sorna: «Quiero proclamar (aunque estuviera ya en
azufre ardiendo) que ésta es la recompensa de la virtud, éste el agradecimiento que se da a los héroes...»

Como intermedio el lector desarrolló la severa
construcción en tres tiempos de los cortesanos sobre
la bondad y el peligro de la lengua humana con el
tema introductorio: «...la vida misma del hombre se
funda en su lengua...», seguido del tema contrapues-
to: «La muerte del hombre se funda en la lengua de
cada hombre...», y de un tema final como colofón a
la estructura coral: «...Tienes tu vida y tu muerte en
tu lengua, hombre...»

Tras la escena del juicio excesivamente prolongada y verbosa —«Que le encierren en el calabozo.
Y entretanto vigilad atentamente puertas y cerro-
jos...»— y el monólogo exacerbado del emperador
Leo con motivo de la condena del conspirador —«Que
ningún espectáculo sea tan bello en todo el orbe de
la tierra, como el de convertir en cenizas lo que antes

se ha entregado al juego de las llamas...»—, Gryphius se dispuso a leer la escena final, si no de la
pieza, sí de la sesión de lectura.

El diálogo entre el emperador Leo y la emperatriz Theodosia era apropiado como final, sobre
todo porque la emperatriz, que ruega por un aplazamiento de la ejecución de Balbus hasta después de la
Sagrada Fiesta de Navidad, consigue con su elocuencia —«La justicia sigue su curso, ahora permitid que
le salga al encuentro el perdón...»— suavizar la sentencia del emperador —«El cielo bendecirá al soberano que castiga el vicio»—: «No ejecutará la severa
justicia hasta después del día de la fiesta. No puede
negársele ni a Dios ni a mí.»

Gryphius, que todavía disponía de aliento y
potencia de voz suficiente para atronar la gran sala,
hubiera añadido de buena gana el coro de los cortesanos: «¡Oh, vanidad constante, cambio de todas las
cosas...!», pero Dach le rogó (con la mano sobre el
hombro del recitador) que les concediera un respiro.
Después de lo oído cada cual podía hacerse una idea
cumplida. El, al menos, se sentía como enterrado
bajo el pedrisco verbal.

De nuevo cayó el silencio sobre la asamblea.
Las moscas. La luz que se amontonaba delante de las
ventanas y goteaba en la sala. Czepko, sentado en un
lateral, contemplaba una mariposa. Cuánto verano
después de la sombría escena.

El viejo Weckherlin, al que la animada acción de la última escena con sus argumentos y con-
traargumentos había despertado de su siesta, pidió
el primero la palabra. Sólo un malentendido podía
explicar su temeridad. Celebró el final de la pieza
y a su autor. Qué bien que se mantuviera el orden
y que el intento sacrílego hallara el perdón del soberano. Esperaba que Dios socorriera de igual manera

a la pobre Inglaterra. Allí Cromwell campaba como aquel Balbus de la tragedia. Había que temer día y noche por el bien del rey.

El secretario de Estado, tan apegado al orden, fue corregido ásperamente por el maestro Buchner: cualquiera, después de lo oído, podía prever la catástrofe que se avecinaba. Esta tragedia, única en Alemania, evidenciaba grandeza, porque no condenaba como solía hacerse de manera unilateral, sino que lamentaba la fugacidad y la debilidad del hombre, su vano hacer el bien: pues a la tiranía presente siempre se sustituía otra venidera. —Buchner alabó especialmente la parábola de las lenguas, en tres tiempos, trasladada al coro de los cortesanos, porque allí se emblematizaba doctamente el múrice de larga lengua, atestiguado en Aristóteles. —El maestro censuró luego, como por obligación, la repetida rima «muerte-suerte» y «trono-encono».

Harsdörffer, como patriota, criticó el tema foráneo de la pieza: un autor con tanta autoridad sobre la lengua como Gryphius, debía dar su fuerza domeñadora de las palabras exclusivamente a la tragedia alemana, al drama patriótico.

El lugar de la acción significaba poco, dijo Logau, únicamente contaba la manera, y ésa la rechazaba. La movilización excesiva de palabras las ahogaba en un caldo purpúreo o producía su mutuo apuñalamiento, perdiéndose de vista que el autor quería denunciar la púrpura de los príncipes y condenar su interminable negocio guerrero. La razón de Gryphius hablaba de orden, pero su tromba verbal se recreaba en la subversión.

Por interés en la cuestión, pero sobre todo para proteger a su amigo, arguyó Hoffmannswaldau que así era Gryphius: un enamorado del caos. Sus palabras se relacionaban entre sí de manera tan con-

tradictoria que, según ellas, la miseria gris resultaba
brillante y el bello sol, oscuro. Su potencia verbal
dejaba al descubierto su debilidad. Si fuera como Logau, más pobre de expresión, bien pudiera sacar tres
piezas dramáticas de una sola escena.

Sí, contestó Logau, no poseía la paleta de
Gryphius, él no escribía con el pincel.

Y tampoco con la pluma, replicó Hoffmannswaldau, más bien con un estilete.

La polémica se hubiera prolongado y hubiera
entretenido aún un buen rato a los reunidos con rápidas ingeniosidades si no hubiera tomado la palabra
Heinrich Schütz, que de pronto estaba en pie, hablando por encima de las cabezas de los poetas. Dijo
que había escuchado todo. Primero los poemas, luego
aquel texto repartido entre personajes y ordenado en
escenas. Deseaba en primer lugar alabar los versos,
claros y bellamente desnudos del joven estudiante de
medicina, cuyo nombre sentía haber olvidado. Si aquél,
como acababa de oír, se llamaba Johann Scheffler,
procuraría recordar su nombre. Tras una primera im-
presión creía poder componer una música «a cappel-
la», a ocho voces y con dos coros, por ejemplo sobre
el poema de la rosa, o sobre aquella sentencia de la
esencia y el accidente, que decía: «Sé esencial, pues
cuando el mundo pasa, el accidente desaparece y la
esencia permanece.» Tales palabras poseían aliento.
Y si no fuera temerario decirlo, afirmaría que sólo
en la Sagrada Escritura se hallaban verdades seme-
jantes.

Pero pasando a otras cosas, lamentaba que
los versos del joven Birken hubieran pasado de largo
ante sus oídos. Tendría que leerlos. Sólo en la lectura se demostraría si las palabras consonantes daban
un sentido o eran puro tintineo. Por otro lado, no
dejaba de reconocer que las cancioncillas amatorias

del señor Greflinger, que ya conocía a través de la colección de arias de su primo Albert y que a la vista de tanto desafuero como desgarraba a la patria no podían escandalizarle, poseían al menos la calidad necesaria para la composición de madrigales. Muy pocos poetas dominaban tal arte en Alemania, como él bien sabía y lamentaba. Qué afortunado, en cambio, había sido Monteverdi, al que Guarini y también Marino escribieron las piececitas más bellas. Para disfrutar también él un día de letras parecidas, aconsejaba al joven poeta dedicarse al madrigal en lengua alemana, como lo hiciera antaño el bienaventurado Opitz. Tales versos sueltos, no estróficos, podían ser alegres, tristes, polémicos, incluso disparatados y dados a la locura, con tal de que les animara un impulso y quedara espacio para la música. Desgraciadamente no hallaba ese espacio en las escenas dramáticas oídas. A pesar de lo mucho que apreciaba la adusta gravedad de los sonetos del señor Gryphius, a pesar de que apoyaba vehementemente el lamento del autor ante la vanidad de este mundo y de que el texto recién leído albergaba tanta belleza: él, el músico, no encontraba sitio entre las muchas y excesivas palabras. Ahí no podía desplegarse ningún gesto tranquilo. En tal apretura no podía perderse en la lejanía, ni hallar eco la queja de nadie. El autor expresaba todo densamente a las claras, pero una claridad borraba la otra surgiendo así un vacío congestionado. A pesar de la vorágine de las palabras todo permanecía inmóvil. Si pretendiera ponerle música a drama semejante, tendría que desencadenar un verdadero vendaval de notas. ¡Ay! Y otra vez ¡ay! Qué afortunado había sido Monteverdi, en cuya ayuda acudía el maestro Rinuccini con dúctiles libretos. Loa y premio al poeta que le entregara un texto, hermoso como el lamento de Arianna. O igual a la movida escena que, siguiendo las palabras de Tasso, había hallado tan excitante música como *Combate de Tancredo y Clorinda.*

Sin embargo, desear tanto era pedir demasiado. Había que contentarse. Estando tan postrada la patria, la poesía difícilmente podía hallarse en flor.

A este discurso no siguió silencio, sino desconcierto. Gryphius se quedó estupefacto. Y con él, yo y muchos nos sentimos mortificados. Gerhardt sobre todo tomó a mal que precisamente el iluminado Scheffler y el desvergonzado Greflinger hubieran gustado a Schütz. Se puso en pie: quería dar la réplica. No le faltarían argumentos. El sabía qué música exigía la palabra. El pondría en su sitio al italianizante señor Henrico Sagittario, apologeta de costumbres francesas. Y lo haría sin rodeos, a la manera alemana...

Pero no le permitieron hablar a Gerhardt. Tampoco Rist y Zesen, que pedían excitados la palabra, obtuvieron permiso. (Ni yo, a pesar de que rebosaba pronta respuesta.) Tomando como pretexto una señal que la posadera le hacía desde la puerta, Simón Dach levantó la sesión: antes de discutir, convenía tomarse pacíficamente la sopa que entre unos y otros habían condimentado.

Mientras los señores se levantaban de las sillas, Harsdörffer quiso saber si ya había vuelto Gelnhausen. Echaba de menos a Stoffel.

12

Sabrosa y poco sustanciosa. El tocino que la adornaba ya había sido cocido el día anterior. Una sopa que saciaba brevemente, pero se recordaba mucho tiempo: avena condimentada con perifollo. Y pan negro poco abundante. La colación no satisfizo a los jóvenes. Greflinger refunfuñaba. Hoffmannswaldau, que ayer se dejó arrebatar por el parco tentempié a una alabanza de la vida sencilla, dijo que también se podía exagerar la sencillez. Le pasó su cuenco medio lleno al joven Birken. Gryphius removió en su sopa pensamientos que elevaban el hambre de Silesia a hambre universal. Logau hizo un comentario cáustico sobre el arte contemporáneo de alargar sopas. Czepko callaba, cuchara en mano. Otros (Moscherosch, Weckherlin) se abstuvieron o desaparecieron (como Buchner) con el cuenco humeante camino de su cuarto. (Más tarde Schneuber hizo circular la especie de que él había visto cómo una de las criadas —Elsabe— había subido tras el maestro con manjares escondidos bajo el delantal.)

Schütz, por el contrario, permaneció en la mesa y le daba a la cuchara, mientras su primo Albert le entretenía con historias de días mejores: ambos habían disfrutado a mediados de los años treinta

del favor del rey Christian, en la Corte de Copenhague. Se oía reír al señor Sagittario.

Cuando Harsdörffer, que había dicho esta
vez la bendición de la mesa, comentó que la sopa de
avena, sin más palabras, era penitencia suficiente,
Dach contestó que eran tiempos de guerra, pero que
de buena gana recorrería Telgte con el comerciante
Schlegel y algunos editores. Con toda seguridad en-
contrarían algo comestible que comprar para la cena.

Ni las ratas encontraban una miga allí, exclamó Lauremberg. La ciudad apenas tenía habitan-
tes, y estaba abandonada y cerrada. Las puertas apenas vigiladas. Sólo había perros vagabundeando. Ya
de mañana Schneuber y él habían intentado conseguir
un par de gallinas por dinero contante y sonante. Pero
en Telgte no cacareaba ni un ave.

Curioso que el devoto Gerhardt se indignara:
debían de haber prevenido las cosas. Dach, que era
el anfitrión, tenía que haber almacenado lo más necesario —tocino y judías—. Al fin y al cabo gozaba
del favor de su príncipe. ¿Acaso no podían apar-
tarse algunos víveres de los almacenes de aquel calvinista? Dijo que no exigía más de lo que llanamente
necesitaba cada hijo de vecino. Además, un invitado
como el maestro de capilla del príncipe elector de
Sajonia, ya que se dignaba convivir con sencillos ver-
sificadores de canciones estróficas, podía exigir mejor mesa.

Respondió Dach que refunfuñara cuanto quisiera. Pero que no toleraba que se hablara con ligereza de la religión de su príncipe. ¿Es que Gerhardt
no conocía los edictos sobre la tolerancia religiosa de
Brandemburgo?

No se doblegaría a ellos, contestó aquél. (Más
tarde, como diácono de la iglesia de San Nicolás de

Berlín, demostraría su fanatismo religioso hasta perder el cargo.)

Menos mal que aún había cerveza negra del
Rin en cantidad. Rist aplacaba los ánimos con gestos.
Buchner, como autoridad de Wittemberg, llamó al
orden a sus antiguos alumnos. Y cuando la posadera
despertó las esperanzas de los poetas con el anuncio
de que seguramente Gelnhausen volvería de Münster
con algunas provisiones, éstos se olvidaron pronto de
la disputa sopera e hincaron los dientes en materia
literaria: contentadizos rumiantes de palabras, a los
que, en caso de necesidad, saciaba la cita de la obra
propia.

Si la crítica de Schütz no impidió que el hasta
poco antes alicaído Gryphius esbozara varias tragedias en sombrías escenas ante los oyentes de nuevo
reunidos, su elogio hizo que creciera el interés de algunos editores por los estudiantes de Breslau: el joven Scheffler no sabía cómo librarse de las ofertas
de los editores. El nuremburgués Endter le prometió
un puesto como médico de la ciudad, mientras Elzevihrn le ofrecía que volviera a Leyden, a continuar sus
estudios: se notaba que el estudiante había ampliado
allí su espíritu, como lo hiciera en su día Gryphius.

Pero Scheffler repetía firme que había de pedir consejo a personas más entendidas. (Seguramente
por eso le vi más tarde entrar corriendo por la Puerta
del Ems en Telgte, y arrodillarse delante de la Piedad de madera, rodeado de las viejas habituales...)

En el otro extremo de la larga mesa Logau y
Harsdörffer querían saber qué asunto había llevado
a Gelnhausen tan de mañana a Münster. La posadera
Libuschka dijo con la mano sobre la boca, como si
desvelara un secreto: la cancillería imperial había ordenado presentarse a Stoffel.

No sólo estaban amotinados los de Weimar, también los de Baviera, que habían hecho una paz separada con el sueco, estaban alborotados: el general de caballería Werth, después de pasarse al Emperador, intentaba reavivar la guerra. Ella conocía bien a esa alegre gente. De sus regimientos procedían los dos maridos que, aunque sólo por breve tiempo, había tenido por compañeros de cama. Libuschka explicó por qué había evitado la disciplina de los regimientos de Wallenstein. Se perdió en anécdotas de innumerables campañas, saliendo a relucir que hacía tres años había entrado con las huestes de Gallas en Holstein y había hecho su agosto en el saqueo de Wedel (afortunadamente Rist se excitaba en otro corro).

Luego contó de sus tiempos pasados: de cómo había servido bajo Tilly a mediados de los años veinte, aún lozana entonces, con pantalones y a caballo, y de cómo había capturado a un capitán de caballería danés, en Lutter. Aquél la hubiera hecho condesa —pues pertenecía a la nobleza— si el curso de la caprichosa guerra...

Naturalmente Libuschka tenía público. Sabía más que muchos de los poetas del tira y afloja entre las fuerzas en pugna. Decía que el curso de la guerra no lo determinaba la diplomacia, sino la búsqueda de cuarteles de invierno.

Sus historias hicieron olvidar la misión de Stoffel. Mientras ella hablaba y daba saltos cronológicos de tres décadas, hasta el viejo Weckherlin estaba ávido de que le explicara el desastre protestante de su juventud, la batalla de Wimpfen, relatada desde las dos orillas del Neckar, y el milagro que favoreció a los españoles —una aparición de la Virgen vestida de blanco—. Según la posadera, una explosión de municiones produjo la nube, que el viento arras-

tró sobre el campo de batalla, dando así pie a inter-
pretaciones católicas.

Cuando Moschrosch y Rist dieron lectura, al-
ternándose, al llamamiento de los poetas a los príncipes, que habían compuesto con Harsdörffer y Hoffmannswaldau, pero no habían podido leer aquella
misma mañana por deseo de Dach, el interés de los
allí reunidos abandonó a la posadera y fue a infla-
marse en la desdicha de la patria. Al fin y al cabo
este era el motivo de la reunión. Era necesario hacerse oír. Ya que no regimientos, podían movilizar
palabras.

Como Rist leyó primero, la proclama empezaba con palabras resonantes: «Alemania, el más glorioso imperio del mundo, yace postrada, asolada y en
ruinas, ¡así lo demuestra la verdad! El terrible Marte
y la maldita guerra son la pena más horrenda y la
plaga más temible, que Dios ha enviado hace ya casi
treinta años para castigar la abismal maldad de los
innumerables pecados cometidos por la impenitente
Alemania. ¡Y dice la verdad, que ahora la muy ago-
biada y agonizante patria será regalada con la paz
más noble! Por lo cual, en Telligt, que según inter-
pretación antigua significa «encina joven», los aquí
reunidos poetas aspiran a exponer su opinión a los
príncipes alemanes y extranjeros y a confirmarla como
verdad.»

Moscherosch invocó a continuación a los personajes que encabezaban los partidos. Primero citó
al Emperador y a los príncipes electores, según el antiguo orden (sin Baviera, pero incluyendo al Palatinado), con todo el respeto que Hoffmannswaldau
había sido capaz de expresar con delicadeza. Luego llamó a las Coronas extranjeras, para, a renglón seguido, denunciar a todos, ya fueran alemanes, franceses
o suecos, sin reparar en su religión; porque los ale-

manes habían entregado la patria a las huestes extranjeras y los extranjeros habían escogido Alemania
como campo de batalla, de modo que ahora yacía
desmembrada, perdidos su antiguo orden, y la lealtad
irreconocible después de ser destruida su belleza. Unicamente los poetas, decía la proclama, sabían todavía
lo que merecía el título de alemán. Ellos, con «muchos suspiros y ardientes lágrimas», habían tejido la
lengua alemana como último lazo de unión. Ellos eran
la otra Alemania, la verdadera.

A continuación se formularon algunas reivin-
dicaciones (primero por Rist, luego por Moscherosch),
entre ellas el fortalecimiento de los Estados, la per-
manencia de Pomerania y Alsacia en el Imperio, el
renacimiento del Palatinado, la renovación de la mo-
narquía electiva bohemia y —naturalmente— la libertad de todas las religiones, incluida la calvinista. (Los
de Estrasburgo pusieron esta condición.)

Aunque el manifiesto, leído punto por punto
en voz alta y enérgica, despertó al pronto el entusiasmo de la asamblea, pronto se alzaron voces pidiendo que se suavizara su arrogancia, redujeran sus exigencias, clarificara su sentido práctico. Como era de
esperar, la expresa mención de los calvinistas molestó
a Gerhardt. Buchner (que había vuelto de su cuarto)
puso reparos (por consideración a Schütz) a la ta-
jante condena de Sajonia. Weckherlin dijo: después
de este escrito, ni Maximiliano tomaría medidas contra los españoles, ni el landgraviato contra los suecos. Además, el Palatinado estaba perdido para siempre. Logau comentó burlón: si el cardenal francés
llegaba a leer tal epístola, sin duda ordenaría que
fueran abandonadas inmediatamente Alsacia y Breisach, dejando atrás todo el botín. También veía a
Oxenstierna, conmovido por tan noble y germánico
manifiesto, perder todo su interés por Pomerania y

Rügen. Greflinger se indignó: ¿qué tenía en contra de los suecos el listo de Logau? Si el heroico Gustavo Adolfo no hubiera cruzado el Báltico, hasta Hamburgo sería hoy de los clericales. Y si Sajonia y Brandemburgo no se hubieran reservado cobardemente, habrían llegado con el sueco hasta el Danubio y más allá. Y si los jinetes de Wrangel no hubieran visitado Baviera el año pasado, Regensburgo, que es donde debía estar Logau, le estaría vedada para siempre.

El sueco, y sólo él, exclamó Lauremberg, había expulsado a Friedlander de Mecklenburgo. Cierto, gritaron los silesianos, ¿quién, si no el sueco, iba a protegerles de los clericales? A pesar de todos los dolores de la ocupación, había motivos sobrados para estar agradecidos. Los ataques a la Corona sueca debían desaparecer del manifiesto. El joven Scheffler, asustado, guardaba silencio. Cuando Schneuber añadió que también había que tener consideración con el francés, ya que Francia había debilitado decisivamente a España, dijo Zesen lo que estaba a punto de decir Rist: que entonces no quedaba ninguna protesta en la proclama, sólo la habitual impotencia. Era innecesario publicarla a los cuatro vientos. Para eso no hacía falta reunirse. ¿Por qué seguían juntos? Heinrich Schütz, que había asistido a la polémica como absorto, respondió a la pregunta del «por qué»: por las palabras escritas, que exclusivamente los poetas saben ordenar según las pautas del arte. Y también por arrancarle a la impotencia —él bien la conocía— un perceptible «a pesar de todo».

Con esto estuvimos de acuerdo. Rápidamente, como para aprovechar la pequeña tregua, Simón Dach dijo: que a él le gustaba el texto, aunque fuera inutilizable. El señor Schütz, tan severo en otras ocasiones, había expresado suavemente lo que cada cual sabía: que los poetas carecían de todo poder, excepto el único verdadero y, desde luego, inútil, de ordenar palabras. Lo mejor era dejar que se posara el manifiesto. Quizá se le ocurriera a él durante la noche una versión más favorable. Después convocó a los poetas a la sala grande a una nueva discusión. Gerhardt deseaba replicar, por fin, al muy famoso invitado.

13

La sopa de avena y perifollo quizá sosegara
los espíritus antes excitados, o puede ser que el llamamiento a los príncipes sangrara a los poetas; en todo
caso, formaban un semicírculo cansino, mientras Gerhardt pronunciaba templadamente su discurso contra
el maestro de capilla sajón.

El ataque de Schütz, que reprochaba a la poesía alemana que le faltaba aliento, que estaba atosi-
gada de basura verbal, que ninguna música podía
desplegarse con gesto suave o excitado en su estrechez
—esta constatación negativa, que daba por supuesto,
como nota al margen, que la guerra había arrasado el
jardincillo del arte poético, quedó en pie como tesis,
pues Gerhardt, invitado por Dach a hablar, no dijo
más que lugares comunes—. Que el invitado sólo
pensaba en su arte soberano. Una atalaya tan audaz
le hacía perder de vista la palabra sencilla. Esta servía a Dios, antes de someterse al arte. Por lo cual la
verdadera fe pedía canciones que se erigieran en pa-
rapeto contra cualquier tentación. Tales canciones estaban dedicadas al alma humilde, para que los feli-
greses en la iglesia pudieran cantarlas sin dificultad.
Y estaban compuestas en varias estrofas, para que el
cristiano cantando una tras otra escapara a su debilidad, forteleciera su fe y recibiera consuelo en tiem-

pos de calamidad. Schütz había desdeñado socorrer
al pobre pecador con cánticos a la medida de su
necesidad. Porque hasta el *Salterio* de Becker, como
le habían dicho en muchos lugares, resultaba demasiado complicado para las parroquias. El, Gerhardt,
prefería la colaboración de su amigo Johann Crüger,
que, como cantor, sabía mucho de la canción estrófica. Para Crüger el arte no tenía primacía absoluta.
A él no le fascinaban las brillantes capillas cortesanas de los príncipes, sino que le importaban las penas
del hombre corriente. A él y a otros compositores,
desde luego no tan famosos, nunca les parecería in-
digno servir a la diariamente necesitada comunidad
cristiana y componer notas para canciones estróficas.
Citó algunas de éstas, como «En todos mis actos...»
de Fleming, al que Dios llamó tan joven, y «¡Oh eternidad, oh tú, palabra de trueno!», del honrado Johann
Rist, y «¡Cuán bienaventurados sois, oh devotos!»,
de nuestro amable Simón Dach, y «Los esplendores
de este mundo han de convertirse en polvo y humo...», del denostado, pero ahora verdaderamente
triunfante, Gryphius, y añadió también estrofas su-
yas, de Gerhardt, el humilde servidor del Señor:
«Despierta corazón y canta...» o la reciente «¡Oh
mundo, contempla aquí tu vida suspensa en el palo
de la cruz!», o «¡Dad gracias y rendid honores...!»,
o la que había escrito aquí, en su habitación, porque
ya se aproximaba la paz y habría de ser celebrada en
las iglesias: «¡Loado sea Dios! Ya resuena la noble
palabra de paz y alegría, para que descansen las lan-
zas y espadas y cese la matanza...»
   Esta canción en seis partes, en cuya cuarta
estrofa —«Oh hermosos campos, antaño sembrados,
que ahora sois bosques y monte seco y salvaje»— la
postración de la patria hallaba sobria expresión, fue
recitada por Gerhardt en toda su extensión a la ma-

nera sajona. La asamblea se lo agradeció. Rist saludó profundamente. De nuevo al borde de las lágrimas: el joven Scheffler. Gryphius se puso en pie, fue hacia Gerhardt y le abrazó con amplio gesto. Después quedaron un poco ensimismados. Schütz parecía estar debajo de una campana de cristal. Albert, consumido por la aflicción. Dach se sonó estentóreamente varias veces.

Entonces Logau dijo en el silencio que se hizo de nuevo: deseaba observar que la canción piadosa para la iglesia, como la que muchos de los presentes componían afanosamente para su empleo en las parroquias, no era tema de discusión literaria. Otra cuestión, sin embargo, era a su parecer el elevado arte del señor Schütz, que no podía preocuparse de la cotidiana canción estrófica, por estar en escalonado y alto pedestal, alejado del uso general, pero que por encima de la comunidad de fieles entonaba la alabanza del Señor. Además, lo que el señor Schütz había comentado críticamente sobre el lenguaje falto de aliento de los poetas alemanes, merecía ser considerado a fondo. El, por su parte, daba gracias a Schütz por la lección.

Como Czepko y Hoffmannswaldau le dieran la razón —a la vez que Rist y Gerhardt expresaban una opinión diferente, Gryphius amenazaba con descargar violentamente su furia y Buchner rebosaba, tras un silencio demasiado largo, una réplica aún más larga—, la discusión podía haber estallado de nuevo, sobre todo porque Dach parecía indeciso y como abandonado a las olas otra vez encrespadas del arte retórico. Inesperadamente y sin ser invitado a ello tomó entonces Schütz la palabra.

Sin levantarse se excusó, en voz baja, de haber dado motivo a tantos malentendidos. La única culpa la tenía su desmedido deseo de conseguir textos armoniosos y a la vez conmovedores. Por lo tanto, iba a explicar otra vez qué tipo de construcción literaria podía ser útil a la música.

Se puso en pie y comenzó a aclarar doctamente su relación musical con la palabra, tomando como ejemplo su propia pasión *Las siete palabras en la Cruz*. Expuso qué alargamientos debía permitir, qué acentos debía soportar, cómo el gesto de la palabra había de ampliarse en el canto, con qué entusiasmo podía elevarse la profunda palabra del dolor. Por fin cantó con una voz de anciano, que había conservado su belleza, la parte referida a María y al apóstol: «Mujer, mujer, he ahí a tu hijo...» —«Juan, Juan, he ahí a tu madre»...—. Volvió a tomar asiento y así recitó primero en latín —«ut sol inter planetas...»— asustando de nuevo a la concurrencia, y después en versión alemana el lema de Henrico Sagittario: como el sol entre los planetas, así resplandece la música entre las artes libres.

Aún eufórico (o asustado) por el conmovedor cántico, Dach no acusó recibo de la nueva impertinencia o acaso prefirió pasarla por alto. En cualquier caso invitó sin comentarios a nuevas lecturas: primero a Zesen, luego a Harsdörffer y a Logau, por fin a Johann Rist. Todos estaban dispuestos. Unicamente Rist aclaró que presentaría un borrador. A cada lectura siguió una crítica sin apasionamientos, ceñida al texto y sin excesos teóricos, aunque con las habituales escapadas al terreno moral. De cuando en cuando uno u otro poeta abandonaba la reunión, ya fuera para hacer aguas menores o dar un paseo a Telgte, o para jugar a los dados con los mosqueteros que habían quedado en la posada, delante de la cuadra y al sol. (Cuando al día siguiente Weckherlin se quejó de que le había sido sustraído dinero de su habitación, sospecharon primero de Greflinger porque había sido visto por Schneuber jugando a los dados.)

«El Armonioso», como había de ser llamado al año siguiente como miembro de la «Orden Fructífera» y como sería ennoblecido poco después: Filip Zesen, este inquieto y en el fondo exaltado joven poeta, que solía explicar anticipadamente sus innovaciones, y al que devoraban múltiples fuegos interiores que mutuamente se robaban el aire, habló al principio confusamente y sin aludir directamente a los hechos —los cadáveres que flotaban en el Ems— de una «visión espantosa», que para dar al amor un final propio, faltaba todavía a su manuscrito. Luego se concentró en el taburete junto al cardo y leyó algo de una novela amorosa y pastoril suya, publicada en Holanda, en la que un joven alemán llamado Markhold pretendía a Rosamunda, una joven veneciana, pero en vano, pues siendo él luterano, sólo podía desposar a la católica si prometía educar clericalmente a sus futuras hijas.

Este conflicto, que tenía mucha realidad y aun más futuro, interesó a la asamblea, a pesar de que la mayoría conocía el libro y que la ortografía moderna de Zesen había provocado ya varios escritos polémicos (el de Rist, a la cabeza).

Harsdörffer y Birken defendieron al innovador y audaz neologista, Hoffmannswaldau alabó el galante fluido de la narración, pero los desmayos de la Rosamunda adriática, su constante «desfallecer» —«Los ojos entreabiertos, la boca pálida, la lengua enmudecida, las mejillas descoloridas, las manos mustias e inmóviles...»—, despertaron en Rist y otros (Lauremberg y Moscherosch) carcajadas molestas durante la lectura y jocosas parodias durante la discusión siguiente.

Zesen estaba como si le hubieran apaleado.
Apenas si oyó la exclamación de Logau: «¡al menos,
arriesga algo!». Cuando por fin Buchner, con frías
palabras y aplastantes invocaciones a la autoridad de
Opitz, empezó a poner diques a las expansiones emo-
cionales de su antiguo discípulo, Zesen se refugió en
una violenta hemorragia nasal. Cuánta sangre tenía
aquel tipo tan desgarbado. Le corría por el cuello
blanco. Goteaba sobre el libro todavía abierto. Dach
interrumpió la discusión. Alguien (Czepko o el editor Elzevihrn) condujeron a Zesen al fondo. Tumbado
sobre el entarimado fresco, dejó pronto de sangrar.

Mientras tanto Harsdörffer había tomado
asiento junto al cardo. «El Lúdico», como se le llamaba en el círculo de la «Orden Fructífera». Un
caballero siempre relajado, seguro de sí mismo, con
olfato para la novedad, que se presentaba más como
docto protector de jóvenes talentos y político patri-
cio —dedicado exclusivamente al bien de Nuremberg— que como poeta de vocación. Así leyó cosas
que gustaron a todo el mundo: acertijos, cuya solución entretuvo a la concurrencia. Una vez se trataba
de un cubrecama, otra de la sombra humana, de un
témpano, del cáncer maligno y del cangrejo sabroso
o, por fin, de un niño muerto en el vientre de su
madre, todo ello escondido en cuatro versos. Harsdörffer recitaba caprichosamente, más bien mitigando
el efecto.

Tras muchos elogios, en los que también par-
ticipó Gryphius, Birken preguntó tímidamente, como
si pidiera consejo a su protector, si era oportuno esconder en tan ligero verso a un niño muerto en el
vientre materno.

Después de calificar de estúpida la pregunta
de Birken, citar y luego rebatir argumentos de Rist
y Gerhardt, que no fueron formulados, el maestro

de literatura Büchner opinó que el acertijo podía tanto trabarse de forma festiva como solucionarse por lo trágico; que, por lo demás, esta forma menor no era más que un producto secundario del arte poético, pero desde luego digna de los poetas bucólicos del Pegnitz.

Y ya ocupaba el taburete Logau, el hidalgo arruinado, aunque a buen recaudo como administrador de los bienes de Brieg, que dio un sentido equívoco e irónico al cardo, pinchando dos o tres de sus papelitos del tamaño de una mano. «El Reductor», como le llamaban en la «Orden Fructífera». Como era de esperar, se expresó concisamente. Con sarcasmo y, para algunos oídos, excesiva impertinencia dijo más en dos versos que en largas disquisiciones. Sobre las confesiones, por ejemplo: «Existen la fe luterana, la papista y la calvinista, pero no se sabe dónde está el cristianismo.» O sobre la paz esperada: «Ahora que viene la paz, ¿quién prosperará en desolación semejante? Los verdugos y los juristas.»

Tras dos poemas extensos, en uno de los cuales hablaba de la guerra un perro, Logau terminó con un dístico que trataba de la moda femenina y que dedicó expresamente a las criadas de la posadera Libuschka: «Las mujeres son liberales; con su vestimenta de hoy, avisan, desde la montaña, que el valle arde.»

Hasta Gryphius expresó su agrado después de Hoffmannswaldau y Weckherlin. Buchner calló aquiescente. Alguien creyó descubrir una sonrisa en el rostro de Schütz. Rist dijo en voz alta que pensaba arriesgarse a presentar el dístico sobre la pugna de las confesiones en el primer sermón que diera a su parroquia de Wedel. El devoto Gerhardt pidió la palabra —todos intuían por qué—, pero Dach desatendió su petición y dijo como advertencia al quisquillo-

so: el que se escandalizara por la franqueza de Logau
sería encerrado esta noche con las tres criadas. Conocía a varios señores que ya habían descendido, en
aquellos parajes, de la montaña al valle.

Mientras los poetas intercambiaban miradas
burlonas, Greflinger silbaba una cancioncilla, Birken
sonreía con labios húmedos, Schneuber hacía alusiones obscenas a media voz y Lauremberg preguntaba
que dónde estaba el joven Scheffler, Buchner dijo:
Bueno. Había que darse prisa. Con el tiempo tan
justo no era posible más que el lance rápido.

Entre carcajadas ocupó el taburete situado
entre Dach y el cardo «el Cisne del Elba», como llamaban a Johann Rist —aludiendo al «cisne del Bober», Opitz— los amigos con los que correspondía
en su calidad de miembro de la «Orden Fructífera»
con el nombre de «El Vigoroso». Rist era todo él
monumental: su resonante elocuencia de predicador,
su presencia de chambelán, sus gigantescos miem-
bros, siempre vestidos con el mejor paño, la barba, la
nariz sobresaliente e incluso su mirada acuosa, a pesar de la malicia con que guiñaba el ojo izquierdo.
Además tenía opiniones. Nada escapaba a sus objeciones. Aunque siempre entretenido en polémicas (no
sólo con Zesen), no perdía de vista sus papeles, entre
los que ahora empezó a hurgar, indeciso, hasta que
se irguió, dispuesto.

Rist anunció que deseaba adelantarse a la
celebración de la paz, que seguía negociándose en el
fragor de las armas, y que por eso había comenzado
a escribir una pieza dramática con el título de *La Alemania jubilosa y pacificada*. En ella aparecería un
personaje femenino principal, «la Verdad». «Pues la
Verdad os ha de anunciar o notificar cosas que a muchos regocijarán de todo corazón, a muchos quizá
procurarán no poco dolor. Así, ¡escuchad, alemanes!»

Leyó algunas escenas del primer entreacto, en las que un hidalgo cansado de la guerra lamentaba en un diálogo con dos campesinos la depravación de sus costumbres. Los soldados maltrataban a los campesinos. Y éstos imitaban a los soldados vejando a la gente. Robaban, saqueaban, incendiaban, bebían y fornicaban como aquéllos. Por eso temían el día de la paz, que pondría fin a su vida crapulosa. Mientras los campesinos Drewes, Kinkintlag y Beneke Dudeldey elogian su alegre vida de salteadores y borrachos en un agreste bajo alemán —«¿Qué nos importa a nosotros la guerra? Guerra va, guerra viene. Con que tengamos que beber en la taberna de Peter Langwammes»...— se escandaliza el hidalgo en encopetado alemán de cancillería: «¡Bendito sea Dios, qué oigo! ¿Prefería, infame gente, vivir bajo los terribles males de la guerra, a disfrutar la paz deseada bajo vuestro legítimo señor con bienestar y tranquilidad?» Pero los campesinos prefieren el tiempo desordenado de la guerra a la exacción de impuestos que promete la instauración de la paz. Temen el orden antiguo y su restauración como orden nuevo. Las contribuciones de guerra que exigen los ejércitos de paso, les resultan más llevaderas que futuras cargas fiscales.

Con la habilidad de un actor, que esconde el rostro tras una máscara y tras otra, Rist dio lectura a la breve escena, en la que, como si hubieran intercambiado sus papeles, el militar exhorta a la paz y los campesinos desean prolongar la guerra. Lástima que sólo unos pocos pudieran entender el dialecto bajo-alemán de Holstein. Después de la lectura, el autor tuvo que traducir para Moscherosch, Harsdörffer, Weckherlin y los silesianos, los pasajes más enjundiosos, que perdieron bastante gracia en el proceso, tornándose tan secos como el discurso del hidalgo. Por eso, la discusión se encendió menos en la comedia de la paz, y más en la generalizada depravación de las costumbres.

Cada cual adujo ejemplos horribles: cómo, durante el sitio de Breisach, se había sacrificado a los niños abandonados. Cómo el populacho se envalentonaba donde la autoridad se había visto obligada a huir. Cómo el patán más piojoso se exhibía ataviado a la manera ciudadana. Y todos hablaban de salteadores en Franconia, en la Marca, detrás de cada arbusto. Por centésima vez Schneuber relató cómo le habían desvalijado cuando venía con Moscherosch desde Estrasburgo. Salieron a relucir bandidos ahorcados y bandidos aún en libertad. Se denunció el salvaje forrajeo de los suecos. Pero mientras los silesianos informaban polifónicamente, perdiéndose en horripilantes detalles («brebaje sueco», pies en el fuego), irrumpió en la reunión el secretario de regimiento, que yo ya esperaba por el ruido de fuera (el ladrido de los perros de la posada).

Todavía con su jubón verde, la pluma en el sombrero, se plantó entre los señores, saludó a la manera imperial y proclamó el fin de las sopas de avena. El pondría término a la escasez y al ayuno. Cinco gansos, tres cochinillos y un mantecoso carnero se le habían unido. En el camino le habían bombardeado con salchichas. Mostraría todo como prueba. Fuera, en el patio, podrían ver a su gente dar ya vueltas al asador. Habría un festín, al que los poetas reunidos tendrían que contribuir únicamente con rimas dobles bucólicas, iambos epicúreos, aforismos báquicos, versos dactílicos dionisiacos y sabiondeces platónicas. Ya que no la paz, celebrarían la guerra en sus últimos estertores. Que los señores salieran al patio y admiraran con qué habilidad había forrajeado para los poetas alemanes Stoffel, al que desde Bohe-

mia hasta Breisgau, desde el Spessart hasta Westfalia
llamaban Simplón.

La sesión no se suspendió inmediatamente.
Dach insistió en atenerse al orden. Dijo que todavía
le incumbía a él disolver la asamblea. Que seguiría
admitiendo intervenciones y réplicas. No permitiría
que al «Cisne del Elba» se le dejara pasar sin pena
ni gloria.

Así pues, continuamos durante unas pocas intervenciones la discusión sobre la escena de Rist y la
depravación de las costumbres en todo el país. Gryphius arguyó que el público papanatas aplaudiría, si
es que le presentaban esta comedia, más a los campesinos que al hidalgo. Moscherosch celebró que Rist
hubiera tenido el valor de poner en escena la miseria
presente. Pero, preguntaron Czepko y otros, ¿acaso
el campesino no tenía motivos para temer la vuelta
al orden antiguo? ¿Qué orden pretendían, si no el
antiguo?, exclamó Lauremberg.

Para no dar pie a nuevas tensiones con la
cuestión de un orden nuevo, incluso justo, y porque
el olorcillo del asado flotaba hasta la sala procedente
del patio, dio Simón Dach, cuando ya crecía la inquietud, la señal que clausuraba la sesión de la tarde. Algunos —no sólo jóvenes— se apresuraron a
salir. Otros lo tomaron con calma. Los últimos en
abandonar la sala grande fueron Dach y Gerhardt,
quien por fin en tranquila conversación con Schütz,
parecía reconciliado con éste. Atrás quedó el cardo
junto al taburete vacío. Fuera reinaba un ambiente
de fiesta.

14

Los cinco gansos giraban en uno de los asadores, los tres cochinillos en otro, mientras el carnero relleno de salchichas daba vueltas en el tercero. La mesa larga del comedor estaba puesta junto a los arbustos que bordeaban el brazo exterior del Ems, para que no le llegara el humo de los fuegos, que se iban consumiendo en el centro del patio. La posadera Libuschka y sus criadas iban y venían entre la casa y el patio para servir la mesa. Un escrutinio más atento descubría que los manteles habían adornado en su día un altar. Los platos, bandejas, jarros y fuentes podrían proceder de un palacio de Westfalia. Aparte de unos tenedores de dos púas para servir, no había otro cubierto.

El humo flotaba hacia la cuadra situada al otro lado y los chopos en la orilla del brazo interior del Ems, que delimitaba la ciudad, los tejados de la Herrenstrasse y, un poco más allá, la iglesia parroquial aparecían como velados. Los mosqueteros de Gelnhausen atendían a los asados. Como recogían en cazos la grasa de los gansos, de los cochinillos y del carnero, podían rociar constantemente, engrasar y untar el asado con la grasa derretida del carnero. De los arbustos de enebro, que cubrían con su frondosidad salvaje la isla del Ems hasta el batán, el mozo de caballos trajo ramaje seco, que dio momentáneamente un espeso humo a la lumbre: la ciudad de Telgte, como una pintura, era el fondo quieto de la movida escena, en la que los perros, individualmente o en traílla, adoptaban siempre nuevas posturas (más tarde pelearían por los huesos).

Entretanto los jinetes de Gelnhausen tensaron entre unos palos hincados en la tierra lonas estampadas, como las que usaban los oficiales de Hesse en sus tiendas, formando una especie de toldo sobre la mesa puesta. Luego se tejieron guirnaldas de follaje verde y se adornaron con rosas salvajes que proliferaban en el jardín de la posadera. Pronto las guirnaldas trepaban por los palos del toldo. Sus bordes estaban bordeados de flecos trenzados con cascabeles, que luego, cuando se levantó un airecillo, contribuyeron a la fiesta.

Aunque todavía era de día y anochecía tímidamente, Gelnhausen sacó del carromato, que había sido enganchado aquella mañana y que había traído los gansos, los cochinillos, el carnero, la vajilla, los manteles de altar y el toldo, cinco candelabros de sólida plata, de origen eclesiástico, provistos de sus velas apenas gastadas. Stoffel ordenó estéticamente la plata de tres brazos sobre la mesa. Tras ensayar una distribución laxa, se decidió por un rigor militar, como si quisiera poner en fila a una compañía. En grupos apartados los poetas le observaban; y yo escribía.

Cuando por fin, bajo la supervisión de Gelnhausen sacaron del inagotable carromato una figura del tamaño de un niño que representaba en bronce a Apolo, y la obra de arte estuvo instalada en el centro de la mesa, tras haber sido desplazados de nuevo los candelabros, Simón Dach decidió que no podía por más tiempo limitarse a asombrarse y a admirar el dispendio con creciente preocupación. Llevó a un lado a la posadera y luego a Gelnhausen, y preguntó de dónde y con qué permiso se habían traído aquellos tesoros, con qué se habían pagado o con qué permiso habían sido tomados en préstamo. A nadie le regalaban tantos y tan variados bienes —carne, tejidos, metal.

Gelnhausen dijo que todo aquello, incluso los gansos, los cochinillos y el carnero, era de origen católico, pero habían de considerarse absolutamente honorables, ya que en su misteriosa visita a Münster —seguía obligado a callar detalles—, varios embajadores del Congreso de Paz habían saludado efusivamente la reunión de poetas, ya famosa. El nuncio papal, monseñor Chigi, pedía una dedicatoria personal de un ejemplar de los *Diálogos de mujeres,* de Hardöffer, una edición príncipe del 41, que siempre llevaba consigo. El embajador veneciano Contarini enviaba saludos al maestro Saggittario, al que no se olvidaba en San Marcos, y se permitía recordarle que la vuelta del señor Schütz a Venecia despertaría siempre ovaciones. El marqués de Sablé había comunicado inmediatamente al cardenal de Francia la noticia del encuentro de los poetas por medio de correos especiales y ofrecía su palacio, caso de que la asamblea quisiera hacerle el honor. Unicamente el embajador sueco, procedente de Osnabrück, había puesto ojos de no entender nada cuando le dijeron los famosos, pero para él incomprensibles, nombres. Y eso que era hijo del gran Oxenstierna. Tanto más cordial se mostró el conde Johann de Nassau, que como representante del Emperador dirigía las conversaciones desde la partida de Trauttmannsdorff, ordenando al alto funcionario de la cancillería Isaak Volmar que se ocupara del bienestar de los poetas, venidos desde tan lejos: viandas, distracción y bellos regalos: un anillo de oro, aquí, para el señor Dach, unos vasos de filigrana de plata, aquí y aquí... Provisto de órdenes escritas que hacían referencia al banquete inminente, Volmar había hecho uso de los conocimientos locales de Gelnhausen. Le había enviado aquí y allá. No en vano conocía Westfalia como la palma de la mano. Bajo el antaño famoso nombre de «Cazador de Soest» había rastreado palmo a palmo el terreno entre Dorsten, Lippstadt y Coesfeld. Münster mismo, donde todo caía bajo el poder de las embajadas, no ofrecía nada decente. Pero el campo libre aún daba de sí. Total: por mandato del conde de Nassau, y perteneciendo al partido imperial, había ejecutado casi sin dificultades sus órdenes, especialmente porque la región circundante era más católica de lo que nunca se le ocurrió ser al Papa. Sólo escaseaba la caza. Aquí les mostraba gustosamente la lista. Todo solucionado: el vino y el queso. ¿Acaso estaba descontento el señor Dach?

Este informe, en el que se intercalaban varias anécdotas sobre la situación en Münster y que movilizaba como testigos a personajes de la Antigüedad en oraciones subordinadas aquí omitidas, fue escuchado por Dach, al que se unieron Logau, Harsdörffer, Rist y Hoffmannswaldau, y por fin todos los poetas, con desconfianza, luego con creciente asombro y por fin con satisfacción. Desconcertado daba vueltas al anillo de oro. Los vasos de plata pasaron de mano en mano. Aunque Logau hiciera sus (acostumbradas) observaciones mordaces, y el informe fuera exagerado en algunos aspectos, los poetas no recibieron con desagrado los saludos y los buenos deseos de tan altos personajes. Y cuando Gelnhausen extrajo de su bolso de correo un ejemplar de los *Diálogos de mujeres* —sí, señores, en una edición príncipe del 41—, cuyo ex libris confirmaba como dueño al nuncio papal Fabio Chigi (luego Papa Alejandro VIII), y ofreciéndosela a Harsdörffer, le pidió sonriente una dedicatoria pronta, los poetas se dieron por convencidos de la honorabilidad del banquete que les esperaba. Incluso Logau quedó mudo.

Las dudas aún existentes sobre la conveniencia de aceptar como buenos luteranos estos presentes en el fondo papistas, fueron disipadas por Dach, que convenció a Gryphius y luego a Rist y Gerhardt recordándoles los servicios católicos del venerado Opitz. El glorioso «Cisne del Bober» siempre había actuado como «irenista», en el sentido del muy sabio Grotius y como alumno del reverenciado Lingelsheim, en favor de la libertad confesional y contra cualquier descriminación. Ojalá la paz lograra que los luteranos pudieran comer con los católicos, y éstos con luteranos y calvinistas, y que se sentaran a una misma mesa calvinistas y luteranos. Por lo que a él respectaba también la perspectiva de un cochinillo católico le hacía la boca agua.

Entonces anunció la posadera que la carne podía trincharse.

15

¡Por fin!, exclamó Greflinger y sacudió su pelo negro, ensortijado hasta los hombros. Rist estaba con Lauremberg, seguro de haberse merecido este asado. Pero junto a Logau, Czepko tenía aprensión: ¿Y si el mismo diablo había encendido los tres fuegos? Birken se propuso compensar con creces las pasadas privaciones. Así se lo aseguró al silencioso Scheffler, cuyos ojos descansaban en las criadas. Con hambre canina Moscherosch se hizo sitio entre Harsdörffer y su editor. Cuando Gryphius presumió de la capacidad de su estómago, Hoffmannswaldau le recordó la fugacidad de los placeres del paladar. A Schneuber, con su trasero aún dolorido le costaba permanecer sentado sin escándalo durante tanto regalo culinario. El viejo Weckherlin pensó en esconder bajo el coleto una pechuga de ganso y aconsejó a Gerhardt que tomara las mismas precauciones. Pero dejando a un lado a Zesen, que con ojos esclarecidos miraba embobado los fuegos, Gerhardt amenazó con imponer moderación a la concurrencia en su bendición de la mesa. Sin embargo, Dach, que tenía al lado a su amigo Albert, dijo que hoy oraría el joven Birken en voz alta para todos. Albert miró a su alrededor inquisitivamente, preguntó al comerciante Schlegel, que transmitió la pregunta a través de Elzevihrn al editor Mülben, hasta que al llegar a Buchner se contestó a sí misma: Schütz faltaba a la mesa.

¿Que cómo sé yo todo esto? Porque me encontraba entre ellos, estaba allí. No me pasó desapercibido que la posadera Libuschka envió a una de sus criadas a la ciudad para que contratara a unas cuantas prostitutas para la noche. ¿Quién era yo? Ni Logau ni Gelnhausen. Podrían haber sido invitados otros poetas; por ejemplo, Neumark, que, sin embargo, se quedó en Königsberg. O Tscherning, al que echaba de menos especialmente Buchner.

Pero fuera quien fuera, yo sabía que los barriles de vino contenían vino de misa. Mi oído captaba las frases que los mosqueteros imperiales intercambiaban mientras trinchaban los gansos y los cochinillos o al cortar el carnero. Yo vi cómo Schütz, apenas hubo salido al patio, visto el derroche y escuchado a Gelnhausen, volvió a la casa y subió las escaleras a su aposento. Yo sabía incluso lo que nadie allí sabía: que en Münster, cuando comenzaba en la «Posada del Puente» de Telgte el banquete de los poetas alemanes, los embajadores bávaros entregaban de buena gana y por escrito la Alsacia a Francia y obtenían a cambio (con la promesa de la dignidad electoral) el Palatinado. Hubiera llorado por este cambalache, pero reí, porque estaba allí y participaba, mientras bajo el toldo al estilo de Hesse se encendían las velas en la plata de iglesia católica y nuestras manos se entrelazaban. Se puso en pie Birken, que estaba sentado junto a Scheffler para leer, medio tapado a mi vista por el bronce de Apolo, y tan hermoso como éste, una bendición de la mesa completamente protestante: «Sigamos a Jesús, huyamos del mundo en el mundo...» Desde el centro de la mesa habló luego, dirigiéndose a todos, Simón Dach —el Ems exterior a su espalda, la ciudad oscurecida contra el cielo, ante sus ojos—, a pesar de que la carne ya cortada humeaba en la porcelana palaciega. Probablemente porque Birken había dicho una oración de mesa en exceso sombría y ascética —«...porque vivimos, mortifiquemos nuestra carne...— quiso darnos Dach, como cristiano práctico, ánimos terrenales: Ya que ni siquiera el espíritu podía vivir exclusivamente del espíritu, dijo, había que conceder tranquilamente a los pobres y siempre excluidos poetas un buen bocado. Por eso no importunaba a Gelnhausen, a quien daba las gracias, con más preguntas sobre la procedencia de los manjares y se daba por contento. Con la esperanza de que la bendición de Dios descansara sobre todas las riquezas que la mesa ofrecía en abundancia, rogó a los amigos que dieran solaz al paladar poco acostumbrado a ello. ¡Que la fiesta que así empezaba tuviera el gusto anticipado de la paz inminente!

Se sirvieron. Con ambas manos. Acodados con fruición. Con hambre silesiana, franca, alemana, del Elba y de la Marca. Lo mismo hicieron los jinetes, los mosqueteros, los perros de la posada, el mozo de caballos, las criadas y otras mujeres venidas de la ciudad. Se lanzaron a fondo sobre los gansos, los cochinillos y el carnero. También el relleno del carnero, las morcillas, los embutidos de hígado, fue servido en parte, y en parte quedó sobre los fuegos. En el jugo que goteaba de las barbas puntiagudas, redondas y retorcidas y llenaba grasiento los platos, los comensales untaban panes blancos recién hechos. ¡Cómo crujía la piel curruscante de los cochinillos! El ramaje de enebro utilizado como combustible había dado especial sabor al carnero.

Los únicos que iban y venían ajetreados eran la posadera y Gelnhausen. Sirvieron además: mijo cocido en leche con pasas, fuentecillas de gengibre escarchado, pepinillos en vinagre, compota de ciruela, pesados jarros de vino tinto, queso de cabra curado, y por fin la cabeza del carnero preparada en la cocina, a la que Libuschka colocó una zanahoria entre las quijadas, adornó con un cuello blanco a la manera señorial y coronó con una guirnalda de flores amarillas. Coraje tenía un aspecto majestuoso al servirla, y su dignidad rebosante se reflejaba en la cabeza de carnero.

Aquello dio pie a los chistes. La cabeza de carnero invitaba a las comparaciones. Fue celebrada en versos iámbicos y trocaicos, en pie tribraquio, con dactilos a la manera de Buchner, en alejandrinos con rima interior o con metátesis recíproca, con aliteración y con rápida improvisación: Greflinger, como carnero burlado, se quejó de su infiel Flora, los demás hicieron alusiones políticas.

«Por ser tan manso el alemán, no adorna su escudo ni águila ni león, sino manso carnero», lanzó Logau. Moscherosch hizo «conversar con maneras hispanas y modos franceses» al animal heráldico alemán. Y Gryphius que devoraba, como si quisiera acabar con el mundo, recitó dejando por un momento tranquila la pata delantera de un cochinillo: «Todas las ovejas que claman paz, la obtendrán del carnicero.»

El maestro de literatura Augustus Buchner aceptó sin inmutarse las precipitadas rimas, también pasó por alto un juego de palabras de Zesen: «Las ovejas van ovejeando al cielo», y sólo comentó que felizmente el severo Schütz no tenía que escuchar tales juegos malabares. A lo que Dach quedó como petrificado, sujetando un muslo de ganso, sobre el que había extendido compota de ciruela, miró a los igualmente espantados comensales y rogó a Albert que fuera a toda prisa en busca del invitado.

El organista catedralicio halló al anciano en su aposento, echado en la cama y sin gabán. Irguiéndose apenas dijo Schütz: que era gran amabilidad que se le echase de menos, pero que deseaba seguir descansando. Quería reflexionar sobre las nuevas y numerosas impresiones. Por ejemplo, el descubrimiento de que el agudo ingenio de Logau no permitía la entrada a la música. Sí. Era evidente que la alegría reinaba abajo en el patio. El alborozo llegaba polifónico hasta su cuarto y se burlaba de reflexiones como ésta: si la razón, como él la apreciaba, perjudicaba a la música, es decir, si la composición musical iba a contrapelo de la razonable composición de palabras ¿por qué Logau, con la mente fría, conseguía belleza? El primo Albert, siguió Schütz, podía sonreírse ante tanta sutileza y tacharle de leguleyo fracasado. ¡Ojalá hubiera seguido fiel al estudio de la jurisprudencia, antes de que la música le devorara por completo! Aún hoy le resultaban útiles como escuela de agudeza sus años en Marburg. Si se le concedía algo de tiempo era capaz de desenredar el más fino entramado de mentiras. Sólo faltaba algún que otro nudo del tejido. Porque ese estrafalario Stoffel, que desde luego fantaseaba con más gracia que algunos de los poetas reunidos, construía un mundo de mentiras con lógica propia. ¿Qué? ¿Cómo? ¿El primo Albert aún le concedía ingenuamente crédito? Entonces no iba a destruirle su buena fe. Sí, luego bajaría a tomar un vaso de vino. Más tarde o más pronto. Que no se preocuparan. El primo podía dejarle tranquilamente y bajar a divertirse.

Brevemente y con Albert ya en la puerta, Schütz añadió un comentario a sus acumuladas preocupaciones. Calificó de miserable su situación en Dresden. Por un lado deseaba volver a Weissenfels, por el otro, se sentía impelido a viajar a Hamburgo y, más allá, a Glückstadt. Allí esperaba encontrar noticias de la corte danesa, y la invitación a Copenhague: ópera, ballet, alegres madrigales... Lauremberg le había dado esperanzas: el heredero del trono era propicio a las artes. Por si acaso, llevaba consigo la segunda parte de la «Simphoniae sacrae», ya impresa; se la había dedicado al príncipe. Después Schütz volvió a tumbarse, pero no cerró los ojos.

En el patio recibieron con alivio la noticia de que el maestro de capilla sajón bajaría luego un rato: primero porque el muy famoso invitado no se había, pues, ausentado ofendido; segundo, porque el severo personaje no vendría a sentarse en seguida a la mesa ya animada y a ratos ruidosa. Preferíamos estar entre amigos aún un rato.

Greflinger y Schneuber llamaron a la mesa a las tres criadas de la posadera y —con el apoyo de Gelnhausen— a varias de las prostitutas de Telgte. La criada Elsabe se sentó en las rodillas de Moscherosch. El viejo Weckherlin, probablemente, le echó encima al piadoso Gerhardt dos mujeres excesivamente liberales. La criada menuda, llamada Marie, se apoyó con confianza e intimidad en el estudiante Scheffler, y pronto las insinuaciones burlonas abrumaron al muchacho. Lauremberg y Schneuber llevaban la voz cantante. ¿Acaso Marie le sustituía a la Santísima Virgen? ¿Pretendía Scheffler volverse católico a través de esa unión? Y bromas parecidas, hasta que Greflinger, que era bávaro, se revolvió contra los dos y les enseñó sus puños.

En otro lugar de la mesa, Logau había ofendido a Rist, cuyas manos de predicador exploraban a una de las prostitutas de la ciudad. El caso es que «el-Reductor» sólo había dicho al «Vigoroso» que con tanto escarbar tesoros no quedaba apenas una mano libre para el jarro de vino. Rist atacó vociferando y

gesticulando con las dos manos. Calificó la ingeniosi-
dad de Logau de cáustica, por carecer de humor sano
y por no ser sanamente humorística, además de no ser
alemana, por irónica, y no siendo alemana resultar
«antialemana».

Así se desencadenó de nuevo la discusión, en
la que las criadas y las prostitutas quedaron como ol-
vidadas. Los poetas sedientos sólo echaban mano de
los jarros de vino, mientras debatían sobre la esencia
de la ironía y del humor. Pronto Logau se encontró
solo, porque tanto Rist como Zesen rechazaron y
diabolizaron literalmente su mirada reductora sobre
cosas, personas y situaciones, por corrosiva, extranje-
rizante y poco alemana, es decir, afrancesada e irónica. Rist y Zesen, de acuerdo en este punto, califica-
ron los juegos líricos, generalmente en pareados del
siempre ambiguo Logau como obra del diablo. ¿Por
qué? Porque la ironía era cosa del diablo. ¿Y por qué
del diablo? Porque era francesa y, por lo tanto, dia-
bólica.

Hoffmannswaldau intentó terminar esta pelea
alemana, pero su humor era poco adecuado para ello.
Al viejo Weckherlin le divertía el familiar tumulto.
Gryphius, ya incapaz de articular palabra, fortalecido,
sin embargo, por el vino, intervino con sus carcajadas
infernales. Cuando Moscherosch aventuró una palabra
en favor de Logau, se oyeron comentarios sobre su
nombre, que seguramente no era moro, pero ¡por
Dios! tampoco era alemán. Lauremberg pronunció
la palabra infame sin avisar. Un puño cayó sobre la
mesa. Vino saltó de los jarros. Greflinger olfateó la
pelea inminente. Pero ya se levantaba Dach para opo-
ner a la irrupción de la fuerza bruta su hasta ahora
respetado, «¡Calma, muchachos!», cuando surgiendo
de la oscuridad cruzó el patio Heinrich Schütz con

traje de viaje, devolviendo la sobriedad a los comensales.

Aunque el invitado rogó que siguiera la fiesta, el humor y la ironía, como oposición, desaparecieron como por ensalmo. Nadie había querido llegar a estos extremos. Las criadas y las prostitutas se retiraron hacia los fuegos aún llameantes. Buchner desalojó el sillón previsto para Schütz. Dach expresó su alegría sobre el invitado, que, aunque tarde, se había presentado por fin. La posadera Libuschka se dispuso a servirle una pieza caliente de la pierna de carnero. Gelnhausen llenó su copa. Pero Schütz ni comió ni bebió. En silencio pasó la vista sobre la mesa y luego miró hacia los fuegos en el centro del patio, donde los mosqueteros y jinetes celebraban ahora su fiesta con las criadas y prostitutas de la ciudad. Entre los mosqueteros había un flautín medianamente bueno. Dos, luego tres parejas empezaron a bailar delante y detrás del fuego, en una iluminación cambiante.

Después de contemplar un rato el bronce de Apolo y sólo brevemente los candelabros de plata, Schütz se dirigió a Gelnhausen, que todavía se hallaba junto a él con el jarro de vino. Directamente a la cara le preguntó a Stoffel: ¿Por qué estaban heridos en la cabeza aquel jinete y el mosquetero que bailaba —¡aquel de allá!—? Exigía una respuesta sin rodeos.

Entonces todos los comensales se enteraron de que al jinete le había rozado un tiro y que al mosquetero le había herido, a Dios gracias, levemente, un sable de los dragones.

Como Schütz insistiera, se enteraron de que entre los imperiales de Gelnhausen y un destacamento sueco, estacionado en Vechta, se había producido un choque. Pero los suecos, que iban en busca de forraje, se habían visto obligados a huir.

Y también habían hecho botín, ¿verdad?; quiso saber Schütz.

Así salió a relucir que los gansos, los cochinillos y el carnero acababan de ser degollados por los suecos y requisados a un campesino al que Gelnhausen tenía intención de visitar: conocía, dijo, a aquel buen hombre, al que los suecos desgraciadamente habían clavado al portón del pajar, desde el tiempo en que era famoso como «Cazador de Soest». Entonces había ido por todas partes con su jubón verde adornado con botones de oro...

Schütz no le permitió digresiones. Por fin se descubrió que la plata de iglesia, el Apolo del tamaño de un niño, las lonas de Hesse, la porcelana palaciega, los manteles de altar y la compota de ciruela, el vino de misa, el gengibre escarchado, los pepinillos en vinagre, el queso y los panes blancos se habían encontrado en un carromato sueco capturado.

Como si intentara mantener el tono de su relato lo más objetivo posible, Gelnhausen aclaró que habían tenido que trasladar todo el cargamento a otro carro, ya que en la huida el vehículo sueco se había hundido en el barro hasta el cubo de la rueda.

¿Quién le había dado personalmente la orden para tal robo?

Las instrucciones del conde de Nassau, trasmitidas por la cancillería imperial, iban más o menos en ese sentido. Pero el traslado del cargamento había sido la consecuencia de un encuentro determinado por la guerra y no un robo. Habían seguido las órdenes.

¿Y cuáles eran exactamente las órdenes que le habían sido impartidas por parte imperial?

Junto con la cortés transmisión de los saludos del conde, le había sido encomendado cuidar del bienestar físico de los poetas reunidos.

¿Este cuidado implicaba necesariamente la requisa de diversos asados, salchichas, dos barriles de vino, el bronce artístico y demás lujos? Tras las experiencias que habían hecho ayer con la cocina de la posadera de la «Posada del Puente», las instrucciones del conde con respecto al bienestar físico de los poetas, no podían haber sido cumplidas más sustanciosamente. Y por lo que se refería al sencillo marco festivo, ya decía Platón...

Como para colmar la copa, Schütz quiso saber de Stoffel si en el infame acto de rapiña habían sufrido daño otras personas además del campesino. Y Gelnhausen lamentó de pasada, que por lo que recordaba en la vorágine de los sucesos, las malas mañas de los suecos no habían sentado bien ni al mozo ni a la criada. Y la mujer del campesino, ya moribunda, había preguntado por su hijito que él, Gelnhausen, había visto correr al cercano bosque y escapar, a Dios gracias, de la matanza.

Añadió Stoffel que él sabía de una historia parecida, que empezó de idéntica y triste manera en el Spessart. Pues esto mismo le había sucedido a él de niño. Su padre y su madre perecieron de manera horrenda. El, al menos, vivía. Dios quisiera que al chico aquel de Westfalia se le cruzara tanta suerte en el camino.

Después de esto, la mesa del banquete adquirió un aspecto bárbaro. Los huesos y huesecillos amontonados. La cabeza del carnero, antes coronada y ahora mordisqueada. La náusea cundió. Las velas consumidas. Los perros roncos de ladrar. Los cascabeles del toldo se burlaban con sonido cascado. La desazón general se veía acentuada por la juerga de los mosqueteros y jinetes: despreocupados cantaban, reían y gritaban con las mujeres en torno al fuego. Una advertencia de la posadera hizo callar por fin al

flautín. A un lado vomitaba el joven Birken. Los señores formaban grupos. No sólo lloraba Scheffler,
sino también Czepko y el comerciante Schlegel. A
media voz se oía rezar a Gerhardt. Gryphius, aún
atontado por el vino, daba tumbos alrededor de la
mesa. Logau aseguraba a Buchner que desde el principio desconfió del asunto. (Con dificultad logré retener a Zesen, que quería ir a la orilla del Ems: a ver
flotar cadáveres en la corriente.) Y Simón Dach,
como desmoronado, respiraba pesadamente. Su amigo
Albert le abrió la camisa. Sólo Schütz conservó la
serenidad.

Había permanecido en su sillón, en la mesa.
Y sentado aconsejó a los poetas que continuaran su
reunión, y abandonaran las innecesarias miserias. Su
culpa en el desastre era pequeña a los ojos de Dios.
Su causa, sin embargo, que servía a la palabra y era
útil a la desdichada patria, seguía siendo grande y
debía ser continuada. Esperaba no haberles estorbado
en esa empresa.

Entonces se puso en pie y se despidió: especialmente de Dach, con cordialidad de Albert, con un
gesto de todos los demás. Aún dijo: que partía anticipadamente, no por el bochornoso incidente, sino
porque tenía prisa por ir a Hamburgo y más allá.

Tras breves instrucciones —Dach envió a
Greflinger a bajar el equipaje—, Schütz condujo a
Gelnhausen aparte. Se oyó, por el tono de voz, hablar amablemente al anciano persuasivamente. Una
vez rió Schütz, luego rieron ambos. Cuando Stoffel
cayó de rodillas delante del anciano, éste le levantó.
Según contó luego Harsdörffer, le dijo al secretario
de regimiento que nunca más representara a lo vivo
sus fantasías, sino que las escribiera valerosamente.
La vida le había dado suficientes lecciones.

Cuando partió Heinrich Schütz pusieron a su disposición, además del carromato, dos jinetes imperiales que le dieran escolta hasta Osnabrück. Los poetas esperaban a la luz de las antorchas en el patio. Luego Simón Dach convocó la reunión en el comedor pequeño, donde ya estaba, como si nada hubiera ocurrido, la mesa larga.

16

«¡Oh nada, oh vanidad, oh sueño, sobre los que los hombres edificamos...» Todo se tornaba lamento. El horror nublaba los espejos. A las palabras se les cambiaba el sentido. La esperanza agonizaba junto a la fuente cegada. Construido sobre la arena del desierto, ningún muro resistía. El mundo sólo tenía consistencia si se tomaba a risa. Su falso brillo. El seguro marchitarse de la rama verde. El sepulcro blanqueado. El cadáver adornado con afeites. La bola de la fortuna traicionera... «¿Qué es la vida del hombre, que siempre ha de flotar como una fantasía del tiempo?»

Desde que comenzó la guerra, y más aún desde las primeras composiciones del joven Gryphius, «Los sonetos de Lissa», no parecía haber salvación para los poetas. A pesar de la sensualidad que hinchaba su sintaxis, de la gracia con que estilizaban la naturaleza en idilio bucólico, rico en grutas y laberintos, de la facilidad con que ensartaban consonancias y onomatopeyas, que anulaban más sentido del que daban, en la última estrofa la tierra se les volvía siempre valle de lágrimas. Hasta los poetas menores lograban sin esfuerzo celebrar la muerte como redención. Avidos de honores y gloria, competían por reflejar en esplendorosas imágenes la futilidad del

quehacer humano. Sobre todo los jóvenes alcanzaban
en versos el rápido fin de la vida. Pero también a los
más maduros les resultaba tan habitual la despedida
de las cosas terrenas y sus falacias, que la queja sobre
el valle de lágrimas y el júbilo redentorista de sus
poemas de encargo, escritos afanosamente a cambio
de mediana recompensa, adquirían un aire de moda.
Por eso Logau, que gustaba de permanecer serena-
mente del lado de la razón, solía burlarse de las ansias de muerte rimadas de sus colegas. Con él otros
seguidores moderados de la tesis del «todo es vanidad» estaban dispuestos a fisgarse mutuamente las
cartas de juego, alegremente ilustradas detrás de la
tétrica cubierta.

Por eso Logau, Weckherlin y los mundanos
Harsdörffer y Hoffmannswaldau tenían por mera su-
perstición la extendida creencia de que pronto vendría el fin del mundo y demostraría la certeza de
buena parte de la poesía, que lo estaba pronostican-
do. Sin embargo, los otros —y con ellos los satíricos
e incluso el sabio Dach— veían al alcance de la
mano el día del Juicio Final, cuando el presente
—como solía ocurrir a menudo— se ensombrecía po-
líticamente o las dificultades cotidianas se apretaban
en nudo insoluble; por ejemplo, cuando después de
la confesión de Gelnhausen el banquete de los poetas tuvo que ser condenado como comilona y la alegría se trocó en tristeza.

Gryphius, el maestro de la negrura, era el
único que irradiaba buen humor. Conocía aquel estado de ánimo. Tranquilo, resistía en el caos. Su concepto del orden humano se basaba en la futilidad y
la falacia.

Así pues, reía: ¿A qué venía tanto quejido?
¿Habían vivido por ventura alguna fiesta que por
sí misma no hubiera acabado en espanto?

Pero los poetas reunidos, de momento, no podían dejar de asomarse a los abismos infernales. Era la hora del devoto Gerhardt. Rist no era menos activo. Por boca de Zesen jubilaba Satanás en imágenes acústicas. La boca de angelote del joven Birken desbordaba en lamentaciones. Scheffler y Czepko buscaban ensimismados su salvación en la oración. Todos los editores, Mülben, que siempre estaba haciendo planes, el primero, presentían el fin de su negocio. Albert recordó los versos de su amigo Dach:

«Ved, cómo la vida corre a su fin.
Sabed, que la trompa de la muerte
bebe con nosotros del mismo vaso
y come de la misma fuente.»

Por fin, cuando los poetas en torno a la mesa hubieron saboreado suficientemente su desgracia, comenzaron a hacer reproches a sí mismos y a los demás. Especialmente Harsdörffer fue acusado de haber lastrado la reunión con un salteador de caminos. Buchner estaba furioso: sólo porque el personaje aquel sabía responder ágilmente y con fácil ingenio, los poetas bucólicos del Pegnitz le habían juzgado digno de ser recomendado. Zesen reprochó a Dach haber dado la palabra al bribón durante las lecturas confidenciales. A esto respondió Moscherosch que al fin y al cabo el canalla les había conseguido alojamiento. Y Hoffmannswaldau comentó sarcástico: aquel primer y reprobable engaño había sido motivo de regocijo para la mayoría de los reunidos. De nuevo habló Gryphius con alguna malicia: ¿Qué pretendían? Todo quisque se revolcaba en pecados. La culpa pesaba sobre todos. Estaban reunidos en la aflicción, sin distinción de estado: sólo la muerte les limpiaría ante Dios.

Esta condenación general, que subrepticiamente equivalía a una absolución, no fue admitida por Dach: no se trataba en este caso de la depravación habitual. No se buscaba a un malhechor concreto. Era cuestión de determinar responsabilidades. Empezando por su misma persona. La culpa era, antes que de nadie, suya. En Königsberg no podría de ninguna manera relatar la deshonra general, que era primordialmente su deshonra, como si fuera una anécdota. Pero tampoco él sabía qué hacer. Schütz, desgraciadamente ya de viaje, tenía razón: había que llevar a buen término el asunto. Echar a correr, sin más, era inadmisible.

Cuando Harsdörffer quiso cargar con toda la responsabilidad y ofreció renunciar a seguir participando en el congreso, nadie aceptó. Buchner dijo que había desahogado sus reproches en la primera indignación. Si se marchaba Harsdörffer también se iría él.

¿No podría formarse, propuso el comerciante Schlegel, una especie de tribunal de honor, como se hacía en las ciudades de la Hansa, y tratar aquí y ahora del delito de Gelnhausen en su presencia? Como su estado era diferente al de los poetas, haría las funciones de juez.

¡Sí! ¡Un tribunal!, gritaron. No podía permitirse que aquel sujeto estuviera presente en las próximas lecturas e hiciera comentarios impertinentes, exclamó Zesen. Tras protestar Rist, de que cuando mañana se votara por fin la proclama de la paz de los poetas no podría tomarse una decisión en presencia de un bandolero, dijo Buchner: que el pícaro, por mucho que hubiera aprendido aquí y allá, era un ignorante rematado.

Parecía que todos iban a decidirse por el tribunal de honor. Cuando Logau preguntó si la sentencia, indiscutible, había de pronunciarse ahora o más tarde y quién estaba dispuesto a buscar a Stoffel entre sus mosqueteros para citarle ante el juez, nadie se ofreció. Al gritar Lauremberg que fuera Greflinger, al que tanto gustaba presumir y dárselas de soldado, descubrieron que faltaba.

Inmediatamente Schneuber manifestó su sospecha: que estaría con Gelnhausen bajo la misma manta. Pero cuando Zesen pretendió conocer más detalles —seguramente planeaban más ataques contra los poetas alemanes—, Dach dijo que él nunca daba oídos a la calumnia. El iría, pues incumbía únicamente a él citar a Gelnhausen.

Albert y Gerhardt no lo consintieron. Era peligroso provocar a estas horas a los imperiales borrachos, dijo Weckherlin. La propuesta de Moscherosch de llamar a la posadera, fue rechazada por indigna tras el habitual forcejeo. A las voces de Rist pidiendo que se condenara al canalla en ausencia, contestó Hoffmannswaldau: que por favor le condenaran a él también; que tales procedimientos no eran de su gusto.

De nuevo estaban todos sin saber qué hacer. Callaban en torno a la mesa larga, con excepción de Gryphius, que hallaba motivo de regocijo en la miseria recrudecida: contra la vida sólo servía la muerte.

Por fin Dach resolvió la cuestión del procedimiento: mañana, antes de que comenzaran las últimas lecturas, pediría cuentas al sercretario de regimiento. Luego, encomendándonos a Dios, rogó que nos recogiéramos a descansar.

17

Greflinger —para aclararlo de entrada— había ido de pesca. Desde la presa del batán había echado redes en el Ems exterior y colocado anzuelos. Los otros dos muchachos cayeron en un sopor profundo, imperturbable y beatífico, apenas movido por los sueños. Los reiterados esfuerzos de la noche anterior, que en compañía de Greflinger y movidos por la luna habían pasado con las criadas, les hicieron caer molidos desde la resaca generalizada a la paja del desván. Delante de Birken respiraba regularmente Scheffler, mientras las tres criadas, después de que se consumiera el último fuego, no hallaban tranquilidad y, al igual que las prostitutas de la ciudad, les caían en suerte a los mosqueteros y jinetes libres de guardia. El tumulto nocturno entraba desde la cuadra y a través del patio por las ventanas de la parte delantera de la posada. Quizá para resistir al griterío con igual volumen sonoro, los editores y autores se mantenían despiertos con discusiones en varios aposentos.

Paul Gerhardt consiguió dormirse, rezando largo tiempo en vano, aunque luego con éxito, contra los muy audibles gozos de la carne. Dach y Albert, igualmente duchos en el enfrentamiento con el bullicio pecaminoso, condujeron a buen puerto su cansancio: en su habitación, en la que no quedaba nada de Schütz, se alternaron leyendo páginas de la Biblia, del libro de Job, naturalmente.

Pero la inquietud no desapareció. La búsqueda de algo y de nada. Quizá fuera culpa de la luna llena, que seguía actuando, revolvía la casa y nos inquietaba. Flotaba, casi tan oronda como la noche anterior, sobre la isla del Ems. Yo la hubiera ladrado, hubiera deseado aullar con los perros de la «Posada del Puente». Pero, acompañando a los señores, yo también arrastraba la discusión, con tesis y antítesis por pasillos y escaleras. Una vez más —como de costumbre desde hacía años— la polémica empezó entre Rist y Zesen: dos puristas del lenguaje. Se discutía por la ortografía, el tono, la traducción, los neologismos. Pronto hubo complicaciones teológicas. Porque todos eran devotos. Cada innovación protestante fue defendida. Todos se creían más cerca de Dios. Ninguno permitía que la duda examinara el tejado de su fe. Sólo Logau, en el que se escondía (sin reconocerlo él) un librepensador, ofendió con su desacreditada ironía a luteranos y calvinistas: escuchando un rato la escolástica viejo-alemana y neoevangélica, se haría uno papista volando, exclamó. Menos mal que Paul Gerhardt ya dormía. Y menos mal también que el viejo Weckherlin recordó a los señores su propósito postpuesto: la proclama de paz de los poetas alemanes.

En la versión definitiva había que resaltar la lamentable situación de los editores —y la de los autores, exigió Schneuber—. Que se permitiera por fin a los poetas componer poesías para bodas, bautizos y funerales no sólo de las clases altas, sino también de los burgueses. Moscherosch dijo: esta justicia para todo cristiano formaba parte de la paz. Además proponía introducir en el manifiesto un sistema de honorarios para poemas de encargo, escalonado según el estado y el patrimonio. De ese modo también el hombre de la calle, y no sólo la nobleza y los patricios, tendría derecho a una necrológica en verso.

Moscherosch, Rist y Hardsdörffer se sentaron a una mesa en la habitación de Hoffmannswaldau y Gryphius, mientras los demás, sin más consejos, se fueron a sus camas. Lentamente la tranquilidad se hizo en la casa llena de inquietos huéspedes. El poeta de Glogau dormía violentamente, como si luchara con el ángel, junto a los autores del manifiesto. En el fondo Gryphius debía haber participado en la redacción: su combate, incluso en sueños resonantes de palabras, echaba sombras sobre el manuscrito.

Cuando los redactores estuvieron satisfechos, si no con el texto reformulado al menos con el esfuerzo empleado, y cada cual por su lado (con las frases rechazadas dando vueltas en la cabeza) cayó en la cama, Harsdörffer permaneció insomne, sufriendo enfrente del plácido Endter, no sólo por culpa de la luna asomada a la ventana. Una y otra vez tomaba una resolución que luego rechazaba. Quiso contar ovejas y se encontró contando botones de oro en el jubón de Gelnhausen. Quería salir de la cama, pero se quedaba tumbado. Deseaba escapar por pasillos, escaleras, por el patio y no tenía fuerzas para quitarse de encima el edredón de plumas. Algo le atraía y retenía. Quería ver a Gelnhausen, pero no sabía exactamente para qué. Tan pronto era rabia, tan pronto un sentimiento fraternal por Stoffel, lo que le sacaba de la cama y le quería guiar por el patio. Por fin Harsdörffer se entregó a la esperanza de que Gelnhausen vendría a verle, para llorar juntos sobre su triste destino, sobre la fortuna cambiante, el engaño bajo el brillo, sobre las penas del mundo...

Pero Gelnhausen se desahogó con la posadera Libuschka. Ella, su vieja siempre joven, su pozo sin fondo para descargarse, ella, su ama, su cama de placer, su sanguijuela chupadora, le abrazaba y le escuchaba infatigable: Una vez más no había tenido éxito. Nada le salía bien. El caso es que había ido a Coesfeld, donde conocía a las monjas del convento de Marienbrink hasta debajo de los hábitos, para hacer unos intercambios comerciales y no a forrajear, como era costumbre en el país. Uno de los once diablos puso a los suecos delante de sus mosquetes. Nunca más se metería en asuntos de guerra. Pediría licencia definitiva a Marte y se dedicaría a ganarse pacíficamente la vida. Por ejemplo, como posadero. Imitando a la inquieta Coraje, que se había asentado como posadera Libuschka. Ya sabía dónde podía adquirir algo ventajoso. Cerca de Offenburgo, una venta llamada «La estrella de plata». Si Coraje sacaba adelante el negocio, también él podría hacerlo. Unicamente necesitaba confianza. Hacía un rato, el gran Schütz en vez de ser severo con él, le había aconsejado paternalmente que se estableciera. El muy famoso personaje, cuando Stoffel se disponía a doblar la rodilla y a pedirle perdón, le habló con palabras amables de su infancia en Weissenfels a orillas del río Saale: con qué energía había llevado allí su padre la espaciosa «Posada del Arquero», bajo cuyo mirador había un burro tocando la gaita esculpido en piedra. Un burro, como lo era él a veces, dijo Schütz riendo, y le llamó Simplón. Entonces él había preguntado a su señoría si él creía capaces de regentar una espaciosa posada al burro que tocaba la gaita y al Simplón. ¡De mucho más!, fue la respuesta del bonancible señor.

Como la posadera Libuschka, nacida en Bragoditz, Bohemia, a la que Stoffel no se cansaba de

llamar Coraje (unas veces con cariño, otras con des-
precio), no tenía fe en las dotes comerciales de Stoffel y no hacía más que soltar sarcasmos —el maestro
Sagittario con su «¡Mucho más!» se había referido
seguramente al peso creciente de los intereses, a deu-
das acumuladas, incluso a la cárcel— y por fin opinó:
que para posadero competente le faltaba, además del
talante sedentario, la fina virtud de distinguir entre los estafadores y los parroquianos fieles; Gelnhausen, que había estado callado hasta ese momento
perdió los estribos.

La llamó ¡vieja cascajo!, ¡carroña de cuervos!,
¡alcahueta!, ¡albañal! La apostrofó de bruja, que
siempre consiguió su precio de puta. Desde que en los
Bosques de Bohemia cayó entre los jinetes de Mansfeld, la Coraje estaba abierta a todo quisque. Regimientos enteros habían pasado cabalgando por ella.
No había más que rascar un poco su ungüento francés para la sarna, y aparecía la cara de la puta. Ella,
el cardo estéril, que no había logrado tener ningún
niño, había intentado endosarle un crío. Pero una
cosa era segura: se lo devolvería con creces. Palabra
por palabra. En cuanto se librara del servicio militar
y su futura posada le diera ganancias, afilaría su pluma. ¡Ya lo creo! Con sutilezas y bastedades enrique-
cería su manuscrito y daría a conocer en él los sucesos de su vida. Junto a las alegrías y los horrores,
el esplendor venal del cuerpo de Coraje. Conocía bien
su historia abigarrada, desde aquellas conversaciones
en los baños: cómo hacía sus rebajas y escondía su
parte de los robos. Todo lo que Coraje calló entonces,
se lo había contado a él, que siempre tomaba nota de
todo, su compinche Springinsfeld hasta el último secreto: cómo Coraje había hecho sus negocios ante
Mantua, qué brebajes había vendido en frasquitos,
cuántos soldados de Braunschweig habían pasado por

ella... ¡Todo!, ¡todo! ¡El trasladaría al papel, para que permanecieran, según todas las reglas del arte, treinta años de putería y latrocinio!

A la posadera Libuschka le pareció divertida la idea. Sólo imaginarlo, le provocaba carcajadas. Sus risotadas echaron de la cama a Gelnhausen, luego a ella misma. ¿Así que Stoffel, el simple escribiente de regimiento, quería imitar a los sabios señores reunidos en su posada precisamente en su arte? ¿Pretendía medirse él, que de tan loco no sabía lo que decía, con la fuerza verbal del señor Gryphius, o la sabiduría elocuente de Johann Rist? ¡Pero, vamos! ¿Iba a competir con el valiente y ornado ingenio de los señores Harsdörffer y Moscherosch? ¿Se atrevía a medirse con el arte de las sílabas y con el agudo Logau, él que no había aprendido a construir una frase y a contar los pies de verso? ¿Pensaba, acaso, que podía superar las canciones devotas del señor Gerhardt, sin saber siquiera lo que creía o no creía? ¿Así que, él, que había hecho carrera de bagajero y mozo de cuadra, luego de soldado raso y desde hacía bien poco de escribiente de cancillería, y no había aprendido otra cosa que el forrajeo despiadado, el robo de los cadáveres, la rapiña y al final, someramente, la redacción de expedientes, pretendía de ahora en adelante conmover con poemas consonantes y canciones de iglesia, brillar con sátiras ingeniosas y divertidas, con odas y elegías, e incluso ilustrar con tratados profundos? ¿El, el Stoffel simplón quería ser poeta?

La posadera no rió mucho tiempo. En medio de la frase se encontró con la respuesta. Aún gritaba sarcástica que le encantaría ver impreso y en páginas numeradas lo que un simplón como él ponía sobre papel, como cagadas de mosca, sobre ella, que era de estirpe noble bohemia, cuando Gelnhausen intervino con el puño. Le dio en el ojo izquierdo. Libuschka cayó, se volvió a poner de pie, fue tambaleándose a su habitación repleta de mercancías, dio tumbos entre sillas de montar, botas altas, buscó a tientas y encontró un mazo de madera, que se utilizaba para triturar legumbres. Buscó con un ojo, pues el otro estaba cerrado por el puñetazo, al cabrón, marica, barbarroja, picoso —pero no encontró más que trastos y golpeó, hasta hartarse, en el vacío.

Gelnhausen ya estaba fuera. Por el patio iluminado por la luna, por el follaje de los saúcos corrió hasta el Ems, donde llorando halló al lloroso Harsdörffer, que insomne de pura pena había abandonado su lecho. A un lado, en el embalse del batán hubieran podido ver pescando a Greflinger; pero Harsdörffer no veía y Gelnhausen, junto a él, estaba como ciego.

En la ladera que bordeaba la orilla estuvieron los dos sentados hasta la mañana. No se dijeron muchas cosas. Ni siquiera era necesario comunicarse sus penas. No hubo reproches ni arrepentimiento. Con qué belleza corría el río en su valle de lágrimas. A su tristeza respondió un ruiseñor. Quizá el experto Harsdörffer le dijo a Stoffel cómo podía hacerse un nombre de poeta. Quizá ya entonces Stoffel preguntó si debía emular a los novelistas españoles. Quizá esa noche a orillas del Ems inspiró al futuro escritor aquel verso —«Ven, consuelo de la noche, ¡oh ruiseñor!...»— que abriría más adelante la canción del «Ermitaño en el Spessart». Quizá ya entonces Harsdörffer previniera al joven colega de las ediciones piratas y de la codicia de los editores. Y quizá los amigos durmieran, finalmente, el uno junto al otro.

No se despertaron, sobresaltados, hasta que las voces y los golpes anunciaron el día en la «Posada del Puente». Los somorgujos se columpiaban donde el Ems se bifurcaba para rodear la isla, con un brazo, ante la muralla de la ciudad,. y con el otro, hacia el paisaje de Tecklenburgo. Hacia el batán vi cómo Greflinger había recogido la red y los anzuelos.

Mirando al sol, asomado detrás de los abedules de la orilla opuesta, Harsdörffer dijo que la asamblea probablemente pronunciaría una sentencia. Gelnhausen contestó que ya estaba acostumbrado.

18

A pesar de lo manoseadas que sirvieron la
mesa las criadas, y a pesar de la cara hinchada y lamentable con que miraba (como tuerta) la posadera
Libuschka, la sopa matinal fue sustanciosa. Nadie
puso pegas porque el caldo a todas luces hubiera
sido cocido con aquellos menudillos de ganso, aquellos riñones de cochinillo y aquella cabeza de carnero
(luego servida coronada de flores) del banquete del
día anterior. Debilitados como salieron los señores,
cabizbajos, de sus aposentos, su necesidad de un re-
constituyente tibio era mayor que su considerable
resaca espiritual, que, sin embargo, se manifestó hasta que todos, desde Albert y Dach hasta Weckherlin y Zesen, hubieron terminado su sopa.

En primer lugar —y mientras Birken y otros
repetían, inclinados sobre los cuencos— se discutieron nuevas desgracias: Weckherlin había sido víctima
de un robo. Una bolsa de cuero llena de chelines de
plata había desaparecido de su habitación. Aunque el
viejo rechazó la acusación precipitada de Lauremberg,
que aseguraba que Greflinger había sido el ladrón,
la sospecha de que el estudiante se había apoderado
de la bolsa fue acentuada por la afirmación de Schneuber, según el cual el sospechoso le había llamado
la atención durante el juego de dados con los mosque-

teros. El hecho indiscutible de que Greflinger no
apareciera, agravaba la cuestión. Estaba entre los arbustos de la orilla del río junto a los peces muertos
o aún coleando y descansaba de los trabajos de la
pesca nocturna.

Después de que Dach, visiblemente agobiado
por las contrariedades adicionales, hubiese prometido
aclarar rápidamente la pérdida e incluso saliera ga-
rante de Greflinger, resurgió el desventurado desenlace del día anterior: ¿Qué hacer con tal enormidad?
¿Tenía sentido seguir leyendo manuscritos como si
nada les turbara? Tras aquel banquete de verdugos
¿acaso los versos no sonaban vacíos? Los poetas reunidos ¿estaban autorizados, después de las terribles
revelaciones —¡un ladrón entre ellos!— a presentarse como una reunión honorable o incluso a redactar
con gravedad moral una proclamación de paz?

Birken preguntó: ¿Por ventura no habían
sido todos cómplices, devorando aquella comilona
de ladrones? Tanta bestialidad no cabía en ninguna
sátira, se dolió Lauremberg. El poderoso físico de
Gryphius, como si el vino de misa siguiera actuando
en él, se expresaba en golpes de palabras. Y Weckherlin aseguró que hasta a la glotona Londres, que era
un verdadero Moloch, le daría la vomitona después
de una orgía parecida. A lo que Zesen, Rist y Gerhardt se entregaron a renovadas imágenes de culpa,
penitencia y arrepentimiento.

(No salió a relucir, sin embargo, la miseria
personal que subyacía al horror del mundo; por
ejemplo, la preocupación de Gerhardt, que temía no
obtener jamás una parroquia; y el miedo desaforado
de Moscherosch a que ni siquiera los amigos creye-
ran en su ascendencia mora y le despreciaran, por
el nombre, como judío y le lapidaran con palabras;
o la pena por la muerte reciente de su mujer, que

subyacía a las chanzas de Weckherlin. El anciano temía, además, la vuelta a casa y la soledad en Gardiner's Lane, donde vivía desde hacía años, sin haber dejado de ser un extranjero. Pronto le pensionarían. Milton, otro poeta, partidario de Cromwell, iba a ser su sucesor. Y otros miedos...)

Y, sin embargo, Simón Dach, a pesar de todas las tribulaciones, había renovado sus fuerzas durante la noche. Se puso de pie en toda su erguida talla media y dijo: Cada hombre tiene tiempo durante toda su vida de reflexionar sobre los pecados que ha acumulado aquí abajo. No había, pues, para más lamentaciones, una vez que la sopa matinal había sido saboreada por todos. Como no veía a Gelnhausen en la mesa y apenas podía esperarse que su compunción le permitiera participar en las lecturas, no había motivo para juzgarle, sobre todo porque tal juicio sería arbitrario y a la manera de los fariseos. Como el amigo Rist, sin duda, le apoyaba, no sólo como poeta, sino aún más como pastor, y como por el silencio de Gerhardt se columbraba que incluso un cristiano tan piadoso como severo tenía comprensión, pasaría a darles a conocer el orden del día —cuando Lauremberg dejara por fin la cháchara con las criadas—, encomendando una vez más a la bondad infinita de Dios la continuación de la asamblea.

Tras conducir a un lado a su amigo Albert y rogarle que buscara a Greflinger, aún escandalosamente ausente, Dach anunció que los poetas preparados para las últimas lecturas eran: Czepko, Hoffmannswaldau, Weckherlin, Schneuber. Dach, al que pidieron, interrumpiéndole, que recitara por fin para alegría de todos su «Lamento a la pérdida del emparrado de calabazas», intentó sustraerse al deseo de los poetas. Pero Schneuber (instigado por Moscherosch) renunció a su intervención y así se decidió que la lectura de aquel poema clausuraría la asamblea; porque Dach quiso que la aprobación de la proclamación de paz como manifiesto político —se presentaban dos nuevas versiones—, que Rist y otros exigían, se llevara a cabo al margen de la discusión literaria. Dijo: «Por ellos no debemos permitir la intrusión de las rencillas de guerra y de paz en nuestro jardín de las Musas, a cuyo cuidado debemos en adelante seguir dedicados. Sin respetar el cercado, la helada podría morder nuestro umbrío emparrado de calabazas, y secarlo como ya le sucedió a Jonás, según la Escritura.»

Esta intención fue compartida. Entre la última lectura y la comida sencilla (como exigieron los poetas) se discutiría la proclamación de paz y se votaría nominalmente. Después de la comida —la posadera prometió que sería honrada, es decir, frugal— los poetas partirían, cada cual en su dirección.

Por fin, el caos se organizaba. Gracias a que Simón Dach tendió su protección con tanta inteligencia, estábamos de nuevo animados y dispuestos a intercambiar chistes en grupitos. Ya apuntaba una cierta euforia —el joven Birken quería coronar al buen Dach en la ceremonia de clausura—, cuando la interrupción de Lauremberg, preguntando qué barrote de cama había hinchado el ojo de la posadera, renovó la miseria pasada.

Después de mucho aguantarse habló Libuschka: ningún barrote era el causante de sus males, sino el admirable valor masculino de Gelnhausen. Los señores, dijo, todavía no se habían percatado de cómo les había engañado aquel patán. Todo lo que salía de su boca eran mentiras de mentiras, incluida la confesión que le había hecho al Sagittario. Porque los jinetes y mosqueteros de Gelnhausen no arrebataron a los suecos el botín, sino que el ¡ay! tan inge-

nioso y elocuente bandido en persona había hecho
honor a su fama con crueldad y experiencia. Desde
Soest a Vechta temían al del Verde Jubón. A ése no
le inclinaba a la clemencia ninguna doncella. Sus mé-
todos hacían hablar hasta a los mudos. La plata de
iglesia, por cierto, los manteles de altar y el vino de
misa habían sido birlados en el convento de putas
de Coesfeld. A pesar de la ocupación de los ejércitos
de Hesse, una comadreja como Gelnhausen se las
arreglaba siempre. Su partido estaba entre los dos
bandos. No respetaba más que su propia bandera.
Y si el señor Harsdörffer seguía creyendo que el
mismísimo nuncio papal había entregado a Stoffel el
librito con los juguetones *Diálogos de Mujeres* para
que el autor se lo dedicara, ella sentía tener que
bajarle los humos: un criado de la nunciatura sobor-
nado por Gelnhausen había sustraído el ejemplar de
la biblioteca del cardenal. No estaba siquiera abierto.
Gelnhausen tejía de este modo con sutileza el hilo de
sus mentiras. Desde hacía años engañaba a los señores
más distinguidos. Ella lo sabía por triste experiencia:
¡ningún diablo le superaba!

Con dificultad consiguió Dach controlar un
poco su propia consternación y la de los demás. Harsdörffer estaba hecho polvo. La furia ensombrecía al
tan ecuánime Czepko. Si Logau no hubiera comentado sensatamente que tal para cual y que cómplice y
asesino van por el mismo camino, hubiera sido de
temer otra disputa prolongada. Dach dio, agradecido,
una palmada: «¡Ya estaba bien! Investigaría aquellas
acusaciones. A una mentira seguía fácilmente otra. Les
rogaba que hicieran oídos sordos a los nuevos rumo-
res. Desde ese momento dedicarían su atención solamente a su propia causa, porque si no darían al traste
con el arte.

Por esto Dach, de momento, se impacientó cuando vio a su amigo Albert entrar con Greflinger en el comedor pequeño. Ya abrumaba al melenudo muchacho con reproches —¿Qué se creía? ¿Dónde se había metido? ¿Acaso había robado el bolso de Weckherlin?—, cuando vio con todos los demás lo que Greflinger traía en dos cubos: barbos, brecas y otros peces. Adornado con la red, los sedales y los anzuelos —dijo que se los había prestado el día anterior la viuda del pescador municipal de Telgte— el muchacho parecía salido de un cuadro: había estado pescando toda la noche. Ni el Danubio llevaba mejores barbos. Bien frita estaría sabrosa hasta la breca, a pesar de sus raspas. A mediodía podría servirse a la mesa todo aquello. Y si ahora alguien le llamaba ladrón, le respondería al honrado estilo alemán.

Nadie quiso provocar los puños de Greflinger. Todos se alegraron del honesto pescado. Siguiendo a Dach pasaron a la gran sala, donde se hallaba su símbolo, el cardo, junto al taburete vacío.

19

Ninguno titubeó. Todos, también Gerhardt,
eran partidarios de llevar adelante, en caso extremo
incluso a la fuerza, la causa literaria. La guerra les
había enseñado a vivir con las contrariedades. No
sólo Dach, tampoco los demás estaban dispuestos a
dejarse desanimar: ni Zesen ni Rist, a pesar de lo
enfrentados que estaban como puristas y limpiadores
del lenguaje; ni los burgueses, ni los aristócratas,
sobre todo porque bajo la presidencia de Dach el
orden estamental había perdido, por propia dinámica,
su estructura rígida; nadie quería el fracaso de la
asamblea: ni el desconocido Scheffler, ni el vagabun-
do Greflinger, siempre expuesto a la sospecha, ni
siquiera Schneuber, que por encargo del maestro
Rompler —no invitado— buscaba ocasión para la
intriga; y menos aún los mayores, Buchner y Weckherlin, que durante toda su vida sólo habían considerado importante la poesía; también Gryphius era
leal a la causa, a pesar de la facilidad con que rechazaba como ilusión vana todo lo incipiente en su estado
imperfecto. Nadie quería rendirse, sólo porque la
realidad, una vez más, se imponía y acosaba al arte
con inmundicias.

Por eso todos permanecieron tranquilos en
sus sillas, taburetes y barriles, reunidos en semicírcu-

lo, cuando, apenas tomó asiento Czepko entre el cardo y Simón Dach para empezar la lectura, entró Gelnhausen en la gran sala desde el jardín por una de las ventanas abiertas. Con su barba rojiza se quedó en cuclillas en el banco de la ventana, sin nada a su espalda más que el verano. Como la asamblea no diera ninguna muestra de inquietud y, por el contrario, la entereza, hija de la decisión, fortaleciera los corazones, Dach creyó poder dar a Czepko la señal de comenzar; el silesiano iba a leer unos poemas. Ya tomaba aliento.

Entonces Gelnhausen —antes del primer verso— con una voz que parecía humilde pero rezumaba burla, dijo: que le regocijaba que los muy famosos y muy sublimes señores reunidos tan eterna como presentemente bajo la tutela de Apolo, aceptaran de nuevo en su círculo al rústico mozo del Spessart, a pesar de la pillería del día anterior, severamente condenada por el señor Schütz, pero luego cristianamente perdonada, para que así el simple Stoffel, al que las lecturas se le amontonaban en tremenda confusión, pudiera instruirse y aprender a ordenar las cosas. Con tal instrucción hallaría la entrada en el arte, como ahora a través de la ventana y —si las musas lo permitía— se haría poeta.

Ahí se desencadenó la indignación acumulada. Si se hubiera quedado callado —bien; si les hubiera ayudado a mostrarse magnánimos con su silenciosa presencia— mejor que mejor. Pero su pretensión de emularles les pareció el colmo a los señores de las sociedades fructíferas, del Pegnitz y filogermánicas, venidos de tan lejos. Se desahogaron con gritos de ¡Matón! ¡Farsante! Rist chilló: «¡Agente papista!» Alguien (¿Gerhardt?) se pasó con la invocación: «¡Aparta, Satanás!»

Los poetas se levantaron de un brinco, sacudiendo los puños y hubieran pasado a las manos encabezados por Lauremberg, si Dach no hubiera comprendido la situación y captado las señas de Harsdörffer. Con su tono de voz coloquial, incluso en situaciones graves, que siempre parecía significar: vamos, vamos, chicos, no os toméis tan en serio, ordenó silencio y luego rogó al «Lúdico» que se explicara.

Harsdörffer preguntó a Gelnhausen, a quien se dirigió como a un amigo, en voz más bien baja: si se reconocía culpable de los crímenes que la posadera Libuschka había añadido a sus cargos. Enumeró las acusaciones, al final el engaño, especialmente ofensivo para él, del ejemplar de los *Diálogos de mujeres,* robado en la biblioteca del nuncio papal.

Gelnhausen, ahora acentuadamente seguro de sí, dijo: que no deseaba defenderse más. Aceptaba todo. Con sus jinetes y mosqueteros había actuado como exigían los tiempos, así como los señores aquí reunidos actuaban como exigían los tiempos, alabando en sus poemas laudatorios a príncipes, a los que el asesinato y el incendio eran tan habituales como el Avemaría cotidiano, cuyos robos, mayores que su hurto de comestibles, recibían la bendición de los clérigos, cuyas traiciones eran tan prácticas como una muda de camisa y cuyo arrepentimiento no duraba más que un Padrenuestro. Por el contrario, él, el tan denostado Stoffel, se arrepentía y se arrepentiría mucho durante mucho tiempo de haber procurado alojamiento a unos hombres tan ajenos a las cosas del mundo, de haberles protegido de peligrosos bandoleros con sus jinetes y mosqueteros y encima haberles agasajado con tres clases de asado, exquisito vino, pan blanco y dulces con especias, manchándose las manos por ellos. Y todo, como era evidente, sin beneficio alguno para él, pero con agradecimiento por varias de las lecciones que había recibido. Sí, era cierto, que había querido divertir a los muy doctos poetas con su cuento de los copiosos saludos que enviaban los embajadores nobles, reales e imperiales reunidos en Münster. Igualmente había intentado hacer feliz con una pequeña fantasía a Harsdörffer, que hasta aquel momento le había mostrado afecto y al que él quería como a un hermano; y lo había conseguido, pues el poeta de Nuremberg se había alegrado sin hacer remilgos de la petición del nuncio papal. Qué importaba entonces saber si Chigi había pedido, debía o podía haber pedido la dedicatoria, o si todo no era más que una bella imagen, nacida de la cabeza del aquí acusado Stoffel. Si los señores, al carecer de poder, carecían de prestigio en el Imperio —lo que sin duda era cierto—, había que inventar con verosimilitud ese prestigio inexistente. ¿Desde cuándo los señores poetas estaban tan rígidamente empeñados en la verdad lisa y llana? ¿Qué les hacía tan severos por la mano izquierda, si con la derecha estaban acostumbrados a inventar sus verdades en rimas perfectas hasta lo increíble? ¿Acaso la mentira poética adquiría cartas de nobleza y se volvía verdad sólo cuando el editor la imprimía? O dicho de otra manera: el chalaneo de tierras y seres humanos, que desde hacía cuatro años tenía lugar en Münster ¿era más real, incluso más verídico, que el comercio con pies de verso y el intercambio copioso de palabras, sonidos e imágenes iniciado aquí, delante de la Puerta del Ems de Telgte?

La asamblea escuchó el discurso de Gelnhausen primero hostil, luego con risas reprimidas, con perplejidad, asombro, atención reservada o gusto, como en el caso de Hoffmannswaldau, pero en total con consternación. Dach mostraba su fruición por la sorpresa general. Con mirada retadora se dirigió al círculo silencioso: ¿Nadie era capaz de replicar a este descarado ingenio?

Tras detenerse con una cita latina, en Herodoto y Plauto, Buchner terminó, citando a Stoffel, con un: ¡Tiene razón! A lo que Logau pidió que se dejara ya el asunto: por fin sabían quién era. Sólo los bufones manejaban espejos tan implacables.

Greflinger no se dio por satisfecho con esto: ¡No! no un bufón, sino el pueblo llano, ausente de esta asamblea había dicho la verdad. Stoffel le resultaba familiar. También a él, el escarmentado hijo de labradores, le había bataneado la vida, antes de permitirle asomarse a los libros. Si alguien intentaba echar de allí a Stoffel, él se marcharía también.

Harsdörffer dijo: que, burlado de este modo, sabía por fin qué había de escribirse sobre la vanidad. Rogaba al hermano Gelnhausen que se quedara y les enseñara a todos algunas ingratas verdades más.

Pero Stoffel estaba ya en actitud de despedida, de pie en la ventana: No. Debía engancharse de nuevo al carro de Marte. Münster le había encomendado embajadas para Colonia y otros lugares. Importantes secretos como éste: cuando llegara la paz, Münster pagaría 900.000 talers de reparaciones para que los de Hesse abandonaran Coesfeld, los suecos Vechta y los de Orange Bevergern. Esta guerra prometía costar todavía mucho. El, sin embargo, se despedía con una promesa que no costaba nada: ¡Stoffel volvería, sin falta! Quizá pasara un año y otro año hasta que hubiera pulido sus conocimientos, se hubiera bañado en las fuentes de Harsdörffer, formado en la técnica de Moschrosch e imitado las reglas de unos cuantos tratados, pero entonces volvería: escondido, vivito y coleando, en papel impreso. Pero que nadie esperara de él églogas galantes, oraciones fúnebres al uso, poemas enrevesados de figuras, delicados gi-

moteos anímicos o modosas rimas para la parroquia.
Más bien abriría el saco de la vida, daría suelta a los
fétidos olores, sería partidario de Cronos, reanudaría
la larga guerra como batalla de palabras, y luego lan-
zaría al aire horribles carcajadas y daría un salvoconducto al lenguaje para que corriera a su aire: rudo y
tierno, sano y herido, afrancesado aquí, melancó-
lico allá, pero siempre escanciado de la vida y de
sus barriles. ¡Escribiría! ¡Por Júpiter, Mercurio y
Apolo!

Con esto Gelnhausen desapareció de la ventana. Pero ya en el jardín, volvió con una última verdad. De su pantalón extrajo una bolsa, la hizo saltar
dos veces en la mano, dando a conocer así su contenido plateado. Rió brevemente y dijo, antes de lanzar
la bolsa por la ventana a la sala grande, justo a los
pies del cardo: que olvidaba entregar un objeto
perdido. Uno de los señores había olvidado su bolsa
en la cama de Coraje. Tan amena como era la compañía de la posadera de la «Posada del Puente»,
nadie debía pagar en exceso tan breve placer.

Ahora desapareció de veras. Gelnhausen dejó
a los poetas reunidos consigo mismos. Y ya le echá-
bamos de menos. Fuera resoplaban las mulas. La
bolsita de cuero yacía abultada delante del cardo. El
viejo Weckherlin se puso en pie, dio unos pasos con
dignidad, recogió la bolsa y volvió sin inmutarse a
su silla. Nadie rió. Aún surtía efecto el discurso de
Gelnhausen, que nadie quería tomar a la ligera. Por
fin dijo Dach sin más preámbulos: una vez todo
aclarado y encontrado, se dedicarían a la lectura con
intensidad, para que no se les escapara, con Stoffel,
la mañana.

20

También yo sentí ver partir a Christoffel
Gelnhausen con sus jinetes y mosqueteros imperiales: llevaba como siempre su jubón verde y la pluma
en el sombrero. A su montura no le faltaba ni un
botón de oro. No había sufrido daño alguno, a pesar
de todo lo que había sucedido.

Por eso mismo no fue posible ninguna palabra de reconciliación entre él y la posadera Libuschka.
Impertérrita contemplaba desde la puerta de la posada cómo la pequeña tropa ensillaba, enganchaba los
caballos a uno de los carros requisados en Oesede y
abandonaba la posada (llevándose el bronce de Apolo, del tamaño de un niño): Gelnhausen a la cabeza.

Como desde entonces sé más cosas de las
que Libuschka, grisácea de odio, podía imaginar allá
en la puerta de la posada, voy a hablar en favor de
Stoffel. Su libro sobre «Coraje», impreso en Nuremberg y distribuido por el editor Felssecker un cuarto
de siglo después de su muda despedida de la posadera del «Brückenhof» y bajo el largo título de
*Trutz Simplex: o detallada y asombrosa descripción
de la vida de la muy trapacera pícara Coraje,* fue el
tardío cumplimiento de los juramentos de venganza
de Gelnhausen, escondido tras el nombre de Philar-
chus Grossus de Trommenheim. Como el autor del

Simplicissimus, publicado dos años antes, permitía a su «Coraje» hablar en persona y ajustar cuentas consigo misma, su libro se convirtió en el monumento de papel dedicado a una mujer inconstante y vitalista, sin hijos pero con imaginación, frágil y pendenciera, en faldas loca por los hombres, en pantalones varonil, malgastadora de su belleza, digna de ser compadecida y amada. Sobre todo porque el padre de todas las futuras «Simplicidades», que en ocasiones se llamaba Hans Jacob Christoffel von Grimmelshausen, le concedía a su Coraje papel suficiente para sacudir a fondo al Simplex, o sea, a él. Porque lo que unía a Gelnhausen y a Libuschka, como la leche al vinagre, era excesivo amor: el odio.

Cuando el destacamento del secretario de regimiento imperial cruzó el puente exterior del Ems y se perdió de vista en dirección a Warendorf (y de allí a Colonia), la mano derecha de la posadera hizo un gesto de adiós, de despedida. Y también yo hubiera deseado decir adiós a Stoffel, pero me pareció más importante participar en las últimas lecturas de los poetas reunidos en la gran sala, donde se erguía, representantivo, el cardo. Como había estado presente desde el principio, deseaba también dar testimonio del final. ¡No quería perderme nada!

Las interrupciones quedaron atrás. Daniel von Czepko, un jurista silesiano, consejero de los Duques de Brieg, al que desde su época de estudiante en Estrasburgo la mística fundidora de Dios y los hombres, inspirada por el zapatero Böhme, insuflaba bajo la capa de la serenidad una emotividad llameante, este hombre en el que apenas nadie reparaba, y cuyo amigo hubiera ya deseado ser, recitó varios epigramas, cuya forma (alejandrinos pareados), también atraía a Gryphius y a Logau. De manera parecida se había expresado anteriormente, y sin llegar a la úl-

tima claridad de las contradicciones, el joven Scheffler. Quizá porque el estudiante de medicina de Breslau en la subsiguiente discusión comprendió (aunque con asombro) el concepto de Czepko sobre «el
principio en el fin y el fin en el principio», y porque
el día anterior, únicamente éste, aparte de Schütz,
captó el sentido total de la confusión invocada por el
estudiante, nació entre ambos una amistad, que per-
duró incluso cuando Scheffler se hizo católico y dio a
la imprenta su *Caminante querubínico* bajo el nombre de Angelus Silesius, mientras la · obra capital de
Czepko, los epigramas completos, no hallaron editor —o fueron retenidos por su autor.

Y en concordancia con la futura ausencia de
eco, sólo unos pocos entre los poetas reunidos, tomaron nota de los pareados de Czepko.·· Faltaba el
oído para tanto recogimiento. Unicamente un poema
con alusiones políticas, que Czepko caracterizó de
fragmento —«Donde hay libertad y derecho, ahí está
la patria; pero ésta ahora nos es desconocida, y
nosotros a ella...»—, halló más amplia aceptación.
Después de Moscherosch y Rist, se levantó una vez
más el maestro Buchner, de escasa estatura, para ex-
traer de aquellas breves líneas todo un mundo desordenado, pero ávido de armonía, citando a San Agus-
tín, a Erasmo y repetidamente a sí mismo. Al final
el discurso del maestro obtuvo más aplausos que el
poema de Czepko, elogiado al margen. (Cuando el
autor ya había abandonado el taburete junto al cardo, Buchner seguía divagando autosatisfecho.)

Después tomó asiento alguien que, huesudo
y larguirucho, no sabía dónde colocar sus piernas.
Sorprendió a todos que Hofmann von Hoffmannswaldau, que hasta el momento no se había destacado
con ninguna publicación y pasaba por un simple aficionado a la literatura, se declarara dispuesto a una

lectura. Incluso Gryphius, que conocía al aristócrata adinerado desde sus años de estudio en Danzig y Leyden, pareció asombrado y asustado cuando Hoffmannswaldau insistió en salir a leer.

Con gracia disimuló su timidez. Pidió perdón por pretender sentarse entre Dach y el cardo, pero aseguró que le urgía presentar sus intentos literarios a la crítica. Luego sorprendió a la concurrencia con una forma nueva en alemán, procedente de Ovidio y utilizada únicamente en el extranjero: cartas heroicas, que preludió con un relato: «Amor y vida de Peter Abelard y Heloise.»

En él se trata de un joven y ambicioso científico, que se ve expuesto en París a numerosas intrigas entre profesores, y por eso tiene que huir repetidamente a la provincia. De nuevo en París, supera incluso al famoso humanista Anselmus, se convierte en el favorito de la ciudad, y por fin, a instancias de un tal Folbert, da clases particulares a la sobrina de éste, pero no se limita al latín, sino que pierde el juicio por su discípula, que a su vez pierde el suyo por el profesor. «En una palabra, ambos fueron desaplicados para ser diligentes en otro sentido.» La pareja continúa con su aprendizaje, hasta que saben «amarse doctamente», lo cual tiene consecuencias. El profesor viaja con su discípula embarazada a casa de su hermana en la Bretaña, donde da a luz un hijo. Aunque la joven madre no desea desposarse y asegura perentoriamente «que tendría más gusto en ser llamada su amiga que su esposa...», el profesor insiste en un sencillo casamiento, que tiene lugar en París, mientras el niño queda con la hermana. Pero como el tío Folbert condena el matrimonio de su sobrina, el marido esconde a su discípula y esposa en un convento cerca de París; Folbert, furioso por la huida de su sobrina, soborna al criado de Abelard

«...para que de noche abra el aposento de su señor, y con otras personas compradas caiga sobre él durante el sueño y le emascule...», todo lo cual sucede irremediablemente.

De la pérdida de la herramienta amatoria tratan las dos cartas, que siguen, y que, según la refinada manera de Opitz en alejandrinos de rima alternante, describen galantemente lo espantoso y nunca oído: «En el fuego ardiente creí poder reír del rocío, y que ninguna espina cerraría mi camino; pensé sobre frágil hielo hacer una canción de amor, ahora comprendo que un corte puede ser mi dueño.»

Obsesionado con la forma, Hoffmannswaldau había pedido antes de comenzar su lectura que se le permitiera por razones de la rima llamar a la discípula de Abelard «Helisse», y Helisse intenta en su carta a Abelard compensar la pérdida con amor espiritual: «...si tu dulce boca me conmovió sensualmente y construyó en un valle de rosas una casa de placer, la pasión no me robó la razón, cada beso iba dirigido a tu espíritu...»

Tan poco pie para la crítica como el arte del texto leído daba a los poetas reunidos —¡Buchner dijo que aquello superaba con mucho a Opitz, e incluso a Fleming!—, tan agridulce resultó a algunos señores la moral de la historia. Primero vino Rist con su eterno. ¿Adónde conducía aquel tema? ¿Qué utilidad podía derivarse de él? Luego se indignó Gerhardt, que no vio en la «vana fiesta de palabras» más que pecados embellecidos. Cuando tras las objeciones de Lauremberg sobre «el artificioso versificar», el joven Birken puso reparos a los desagradables sucesos relatados, Greflinger le interrumpió preguntando si había olvidado con qué cubierto había servido a las criadas en la paja. No, no le escandalizaba el objeto, antes o después del corte, sino el estilo

líviano. Lástima que Gelnhausen hubiera puesto ya
pies en polvorosa. El hubiera presentado al desnudo
y a gritos la jugosa carnicería y la forzada renuncia
de Helisse.

Como ahora muchos (aunque no Gryphius)
pidieron la palabra para poner pegas a los atributos
masculinos de Abelard, Simón Dach dijo que ya había
oído bastante sobre la vilipendiada, pero útil herramienta. La historia le había conmovido. Que nadie
olvidara el emotivo desenlace, que al fin une a los
amantes en una tumba, donde sus huesos intentan
entrelazarse. Al oír esto, se le habían saltado las
lágrimas.

Hoffmannswaldau escuchó sonriente el alu-
vión de argumentos, como si hubiera conocido de
antemano todas las críticas. Se había establecido como
regla, al principio a instancias de Dach, que el recitador no adujera nada en su defensa. Por eso también
Weckherlin aguantó todas las profundidades super-
fluas que se dijeron tras la lectura de su oda «Besos».

El viejo había escrito este poema, al igual que
toda su producción, hacía casi treinta años, cuando
aún era un hombre joven. Después, como nada le
retenía en Stuttgart, entró en el servicio de información del Palatinado y luego, para serle más útil a
éste, en el servicio de estado inglés. Desde entonces
no había escrito nada notable, excepto cientos de
cartas de espionaje, obstaculizando la política, dirigi-
das a Opitz, Niclassius, Oxenstierna... Y, sin embargo, las cancioncillas juguetonas, a ratos ingenuas de
Weckherlin, escritas años antes de la poética de
Opitz, mantenían su frescura, sobre todo porque al
recitarlas el viejo poeta salvaba con su lengua suaba
los baches de los versos frívolos y las rimas super-
ficiales —«Mi adorado tesorito, dame muchos be-
sitos...».

Al principio dijo Weckherlin que ahora que su cargo de subsecretario de estado viajero se lo permitía iba a revisar concienzudamente sus pecados juveniles rimados, en su mayoría compuestos según el modelo francés en los viejos tiempos de la preguerra, y los iba a dar nuevamente a la imprenta. Escuchando a los jóvenes se sentía como un verdadero fósil. Aunque hasta después de él, no difundieron sus fundamentales enseñanzas sobre la lengua poética alemana el glorioso «Cisne del Bober» y el estimable Augustus Buchner.

La crítica le celebró. Porque aún existía. Nosotros, los jóvenes, creíamos ya muerto al viejo. Nos sorprendió ver tan vivaz al precursor de nuestro tierno arte: incluso había escalado el lecho de Libuschka, como si todavía fuera capaz de odas de pie ligero.

Rist, al que siempre irritaban las cancioncillas eróticas, se declaró, como discípulo de Opitz que era, admirador de Weckherlin. Buchner dio un gran rodeo y mandó a todos con Zesen y Gerhardt, que habían sido en Wittenberg sus alumnos, a la escuela poética. Logau callaba.

Entonces le tocó a Simón Dach cambiar de asiento; pidió al viejo Weckherlin que cuidara su ya inveterado sillón. El largo *Lamento sobre el naufragio y la ruina del emparrado de calabazas y jardincillo musical,* de Dach, se propone consolar al amigo Albert de la destrucción por el barro y el escombro de su jardín en la isla del río Pregel. Haciendo uso del amplio alejandrino, el autor describe los principios del vergel (en los que el entonador de órgano, aficionado a la cerveza, secunda al organista con la azada), las fiestas literarias y musicales de los amigos y su alegría: la armonía felizmente encontrada. Lejos de allí causa estragos la guerra con hambre, peste, fuego; más cerca están las rencillas y peleas de los burgueses, las eternas disputas de púlpito. Como en el bíblico emparrado de calabazas Jonás amenaza a la viciosa Nínive con la ira de Dios, así advierte Dach a su Königsberg, la ciudad de las tres ciudades. La lamentación sobre la destrucción de Magdeburgo (donde había estudiado el joven Dach), desemboca en un dolor universal sobre la autodestrucción de Alemania. A la condenación de la guerra —«Tan pronto se desenvaina la espada terrible de la guerra, que con tanta dificultad vuelve a su funda...»— sigue el anhelo de una paz duradera: «¡Ojalá aprendiéramos de la miseria y del daño ajenos! Sin duda alcanzaríamos la misericordia de Dios!» La queja de Dach finaliza, después de exhortar al autor y a su amigo Albert a hacer lo que esté en sus fuerzas y aprovechar el tiempo —«Nosotros dominaremos su dominio, sea cual sea su furor...», con el alto designio de la poesía que sobrevivirá al emparrado de calabazas: «No hay poesía, escrita por el espíritu y la vida, que no nos haga partícipes de la eternidad.»

Aquello nos gustó. Expresaba el sentir de todos los reunidos. Si de momento no les correspondía a los poetas poder alguno y apenas prestigio, porque el presente estaba dominado exclusivamente por guerra y robo entre naciones, por coacción religiosa y codicia a corto plazo, ellos, con ayuda de la poesía, serían poderosos en el futuro y su fama sería cosa de la eternidad. Este pequeño, incluso un tanto ridículo poder les permitía obtener encargos bien remunerados. Intuyendo que eran más mortales que los poetas, los burgueses ricos y muchos príncipes esperaban entrar con sus nombres en la eternidad con la ayuda de epitalamios, poemas laudatorios y oraciones fúnebres.

Más que ningún otro se ganaba Simón Dach la existencia con poemas de encargo. Cada vez que en el círculo de los colegas se comparaban honorarios, él tenía siempre a mano su amarga frase: «En bodas y funerales me piden poemas, como si fuera un jornalero.» Incluso su cátedra en el Kneiphof se la debía Dach a varios poemas laudatorios que a finales de los años treinta improvisara rápidamente con motivo de la entrada del príncipe elector en la ciudad.

Por eso, y después de que a la asamblea se le hubieran ocurrido muchas alabanzas sobre el *Lamento del emparrado de calabazas,* la intervención ambigua de Gryphius —«Tú escribes trescientos versos antes de que yo escriba tres; un laurel tarda en crecer, una calabaza lo hace en una noche»— fue entendida como una alusión maliciosa a los muchos poemas que Dach escribía por necesidad. Cuando inmediatamente después Rist celebró la moral del lamento, para luego criticar las referencias mitológicas, por ejemplo la comparación de la incendiada Magdeburgo con Tebas, Corinto y Cartago, y la invocación de la musa Melpomene, Buchner se dispuso a darle la réplica, antes que lo hiciera Zesen: ninguna influencia gabacha deshonraba este poema. Todo fluía vivo de boca alemana. Aunque necesarios, porque acentuaban el contraste, pocos testigos clásicos adornaban el magnífico edificio, que no tenía parangón.

Desde el sillón de Dach, Weckherlin dijo: no podían haber encontrado un broche más bello. Y Harsdörffer exclamó: ¡Ojalá tuviéramos durante los tiempos malos un emparrado de calabazas suficientemente amplio para todos!

No hacía falta decir más. Los elogios habían tapado de sobra la ofensa de Gryphius. Sonriente (y como aliviado) Simón Dach se levantó del taburete junto al cardo. Abrazó a Weckherlin y le condujo hasta su silla. Dio unos cuantos paseos delante de su sillón, el taburete vacío y el cardo en su tiesto. Luego dijo: Esto es todo. Que se alegraba del desarrollo, a fin de cuentas pacífico del encuentro. Por lo que daba gracias al Padre divino en nombre de todos los aquí reunidos. Amén. A él, por cierto, le había gustado la reunión, a pesar de algunas contrariedades. En la comida, antes de que se desperdigaran en todas direcciones, añadiría algún que otro comentario. No se le ocurría nada más. Ahora debía dar paso a la política, al dichoso manifiesto, ya que veía nerviosos a Rist y a Moscherosch.

Dach volvió a tomar asiento, llamó al estrado al autor de la proclamación de paz y dijo con prudencia, cuando la protesta de Logau suscitó inquietud: Pero ¡nada de peleas, chicos!

21

¡No!; exclamó repetidas veces. No, antes de que nos hubiéramos instalado de nuevo en la sala grande, no, cuando todos nos sentamos reunidos en torno a Dach y al cardo. Y cuando Rist y Moschrosch terminaron de dar lectura a los borradores del manifiesto, Logau sigúió gritando: ¡no! Antes y después. Por principio: ¡no!

Todo le parecía lamentable: las palabras atronadoras de Rist, las mezquindades burguesas de los de Estrasburgo, los lugares comunes que evitaban todo conflicto y que procedían de la pluma de Hoffmannswaldau, las contemporizaciones de Harsdörffer en interés de las ciudades imperiales y la utilización de «alemán» y «Alemania» para rellenar cada frase. ¡Un escrito lamentable, estúpido y mentiroso!, gritó Logau, harto de expresarse con brevedad y suficientemente furioso como para renunciar a toda ironía sintetizadora y, en un discurso de alguna extensión, despojar de su palabrería a los manifiestos, frase por frase.

El hombre, más bien endeble, estaba de pie al fondo, claramente recortado y hablaba con voz cortante por encima de las cabezas de la asamblea sentada: habían alardeado de pusilánimes y habían regalado el oído a todos los partidos. Una vez deseaban que el sueco estuviera muy lejos, otra le rogaban con insistencia que arrimara el hombro. En una frase pretendían restaurar el Palatinado, en la próxima conceder a Baviera la dignidad electora, para mantenerla bien dispuesta. Con la mano derecha conjuraban el viejo orden estamental, con la izquierda renegaban de la injusticia tradicional. Sólo una lengua bífida podía conceder en una misma frase libertad a todas las confesiones y amenazar con severa expulsión a todas las sectas. Citaban el nombre de Alemania con la misma frecuencia con la que los papistas citaban a la Virgen María; sin embargo, sólo hacían referencia a una parte del todo. Las virtudes alemanas enumeradas eran la lealtad, la diligencia y la rectitud, pero aquél, a quien se trataba verdaderamente a la manera alemana, es decir bestialmente, el campesino de todo el país, no aparecía por ninguna parte. Hablaban rencillosamente de la paz, con intolerancia de la tolerancia y con codicia de Dios. Y donde ensalzaban la patria, tras harta verborrea alemana, predominaban, con el regusto del interés mezquino, el egoísmo de Nuremberg, la cautela de Sajonia, el miedo silesiano, las pretensiones de Estrasburgo. Una lectura lamentable, además de necia, por poco pensada.

El discurso de Logau no provocó un tumulto, sino más bien angustia. Los dos borradores del manifiesto con diferencias exclusivamente estilísticas, pasaron de mano en mano, sin ser apenas leídos. Una vez más los poetas eran agudamente conscientes de su impotencia y de sus escasos conocimientos de las fuerzas políticas. Pues cuando (en contra de toda previsión) se levantó el viejo Weckherlin, dispuesto a intervenir, les dirigió la palabra el único de los presentes que conocía la política, había participado en el juego de fuerzas, probado el poder, influido un poco en los acontecimientos y dejado sus fuerzas en ello.

Sin afán didáctico, más bien risueño y burlándose de sus treinta años de experiencia, el viejo comenzó a hablar, paseando de un lado a otro, como si quisiera estirar las piernas entre una década y otra. Aquí charlaba, vuelto hacia Dach, como si el cardo fuera su único público. Se asomó a la ventana para que le oyeran las dos mulas atadas, y unas veces divagando, otras con concreción, fue abriendo el saco de su experiencia. Que en fin de cuentas estaba vacío. O lleno de basura. Sus diligentes esfuerzos, vanos. Sus derrotas acumualdas. Cómo, siguiendo las huellas del glorioso Opitz había sido diplomático de los más variados partidos. Cómo, siendo suabo, había ascendido a agente inglés, luego a agente palatino y, ya que nada funcionaba sin los suecos, a agente doble. Y cómo no había conseguido con su traer y llevar, lo que siempre había sido la meta de su elástico arte: la intervención militar de Inglaterra en favor de la causa protestante. Con carcajadas casi desdentadas, Weckherlin maldijo la guerra civil inglesa y la corte siempre alegre del Palatinado, la dureza fría de Oxenstierna y la traición sajona, a los alemanes sin excepción, pero especialmente a los suabos: su avaricia, su estrechez, su puritanismo, su condenada falsedad. Espantaba ver, cómo el odio hacia todo lo suabo se mantenía vivo en el viejo, con qué amargura le dolían Alemania en su aspecto suabo y el afán suabo en el creciente patrioterismo alemán.

En su acusación no dejó de incluirse a sí mismo, llamando a todos los irenistas necios llenos de sutilezas, que para evitar lo peor, habían perpetuado siempre la calamidad general. Explicó cómo había perseverado, aunque sin resultados, en movili-

zar regimientos ingleses para la guerra de religión
alemana, recordando que el venerado Opitz había intentado desde su mismísimo lecho de muerte involu-
crar a la católica Polonia en la carnicería alemana.
¡Como si con suecos, franceses, españoles y valones
no hubieran trabajado ya bastantes carniceros extranjeros en el matadero alemán!, exclamó Weckherlin. ¡Así se había echado a perder todo!

Al final el viejo tuvo que sentarse. La risa se
le acabó. Agotado no pudo participar cuando los
otros, Rist y Moscherosch los primeros, transforma-
ron su odio hacia lo extranjero y lo francés en auto-
censura alemana. Cada uno fue vaciando su resenti-
miento. Con vehemencia catastrofista vomitaron su
ira. Una excitación, que se generaba a sí misma,
arrancó de sus sillas a los congregados. Se daban golpes de pecho. Echaban las manos al cielo. Se pre-
guntaban a gritos que dónde estaba la patria tantas
veces invocada. ¿Dónde se había escondido? Y además ¿existía tal entelequia? ¿Y en qué forma?

Cuando Gerhardt aseguró, como para conso-
lar a los interrogantes, que a todos ellos les esperaba
no una patria terrena, sino una patria celestial, Andreas Gryphius se separó del tumulto en busca de
otras certezas. Estaba allá delante, junto al taburete
vacío, en el semicírculo disuelto y entonces levantó
el tiesto con el cardo y alzó el emblema y el símbolo
de los desvelos de todos ellos hacia el techo de vigas.
Así, con aspecto amenazador, dio rienda suelta a su
furia. Un gigante, un ogro, un Moisés, de momento
jadeante, hasta que el golpe de palabras le liberó la
lengua trabada: estéril, pinchudo, sembrado por el
viento, comida de burros, maldición del campesino,
abrojo iracundo del Dios vengador, plaga del campo
¡este cardo, era la flor y la patria de todos ellos! A

lo que Gryphius dejó caer el cardo sinónimo de Alemania, que se hizo pedazos entre nosotros.

Nadie lo hubiera hecho mejor. Aquello correspondía exactamente a nuestro estado de ánimo. Nunca nos habían demostrado tan plásticamente la patria. Casi podía parecer que estábamos satisfechos y, al modo alemán, contentos con la fuerza expresiva de nuestra miseria, si además se tenía en cuenta que el cardo había quedado intacto en medio de los añicos y la tierra esparcida. ¡Obsérvese, gritó Zesen, cómo la patria sobrevive incólume a la más profunda caída!

Todos vieron el milagro. Y ahora, que se extendía una alegría infantil por el cardo indemne, el joven Birken amontonaba tierra sobre las raíces desnudas y Lauremberg corría por agua, ahora Simón Dach con Daniel Czepko a su lado, se dirigió a la asamblea de nuevo inofensiva, antes de que volvieran todos al habitual parloteo. Ya durante la febril búsqueda de la patria perdida o irreconocible o totalmente convertida en mala hierba, que desembocó en violenta conmoción, ambos poetas habían estado entretenidos con un papel, borrando aquí, matizando allá. Mientras Czepko copiaba en limpio el texto, Dach dio lectura a esta definitiva versión del manifiesto.

El nuevo texto renunciaba por completo a las palabras grandilocuentes de Rist. No anunciaba ninguna verdad absoluta. La petición de los poetas reunidos, dirigida a todos los partidos que deseaban la paz, instándoles a no despreciar las inquietudes de los poetas, impotentes pero entregados a la eternidad, tenía un tono sencillo. Sin denunciar como ladrones de tierras al sueco o al francés, sin protestar por la compraventa territorial de los bávaros y sin nombrar siquiera las confesiones en litigio, el mani-

fiesto llamaba la atención, de cara al futuro, sobre
los peligros y las cargas para la paz, en el anhelado
documento de paz podían deslizarse motivos para futuras guerras; sin tolerancia, la tan esperada paz
religiosa traería consigo nuevas disensiones religiosas;
que con la restauración del orden antiguo, cuya bendición se solicitaba, no se renovara la injusticia inve-
terada; y por fin la preocupación patriótica de los
poetas reunidos: la fragmentación amenazaba al Imperio, de tal modo que nadie podría reconocer en él
su patria, llamada antaño Alemania.

Esta invocación a la paz, en versión definitiva, terminó pidiendo la bendición de Dios y —apenas
estuvo preparada la copia en limpio— fue firmada
nominalmente y sin más discusiones primero por
Dach y Czepko, luego por los otros y al fin por
Logau. Como si sus ruegos hubieran sido ya oídos,
los señores se abrazaron, unos jubilosos, otros emo-
cionados. Por fin estábamos seguros de haber hecho
algo. Como a la proclama le faltaba el gesto grande,
Rist lo añadió de palabra: dijo que el lugar, el día y
la hora eran históricos.

Era un momento como para echar las campa-
nas a vuelo. Pero la campanilla que sonó en la puerta de la sala grande, obedecía a instancias menores.
Esta vez la posadera no invitaba a la mesa. Bajo la
supervisión de Greflinger, que firmó el manifiesto
el último, se había frito el pescado de la captura nocturna. Cuando los poetas congregados pasaron empu-
jándose al comedor pequeño, nadie se fijó ya en el
cardo que yacía indemne entre los añicos. Sólo inte-
resaba el pescado. Su olor atraía y nosotros le se-
guimos.

Simón Dach, que llevaba el importante documento, tuvo que supeditar al festín sus palabras
finales de despedida.

Jamás se comió tan pacíficamente. El pescado
era apropiado para las palabras suaves, que surgían
a lo largo de la mesa. Cada cual hablaba con y sobre
su vecino a media voz, con sobriedad. También se
escuchaban los unos a los otros, sin interrumpirse.

Durante la bendición de la mesa, que Dach
encomendó por última vez a su amigo Albert, el organista catedralicio del Kneiphof, marcó el tono con
alusiones a episodios bíblicos referidos a la pesca.
Después fue fácil elogiar la carne de los barbos, blan-
ca bajo la piel tostada, que se despegaba suavemente
de la espina; pero los poetas tampoco hicieron ascos
a las brecas llenas de raspas. Ahora vieron cuántos
—además de tencas, luciopercas y un joven esturión— habían caído por la noche en la red y los
anzuelos de Greflinger. Las criadas iban trayendo
más y más en fuentes planas, mientras la posadera se
mantenía de espaldas, en la ventana.

Parecía que los peces de Moscherosch se mul-
tiplicaban milagrosamente. Los nuremberguenses, encabezados por Birken, hacían ya rimas bucólicas.
Todos deseaban, si no inmediatamente, sí en el
momento adecuado, ensalzar poéticamente el pescado. ¡Y el agua en el jarro!, dijo Lauremberg, que
como los demás manifestó su aversión a la cerveza

negra. ¡Nunca más!, aseguró Moscherosch. Recordaron leyendas y cuentos de pescados encantados, con poderes mágicos: la historia del rodaballo, que hablaba, y que cumplió todos los deseos, menos el último, de la mujer codiciosa de un pescador. Los señores se sentían cada vez más unidos en amistad. Qué hermoso que Rist invitara a su enemigo Zesen a visitarle pronto en Wedel. (Yo oí cómo Buchner elogiaba la meritoria colección de epigramas del ausente Schottel.) En un platito el comerciante Schlegel recogía monedas de cobre y plata, con las que demostrar agradecimiento a las criadas; y todos contribuyeron, incluso el devoto Gerhardt. Cuando el viejo Weckherlin con frases corteses invitó a la posadera a acercarse a la mesa, para homenajearla a pesar y después de todo lo ocurrido, vieron que Libuschka, como si el verano le diera escalofríos, estaba envuelta en su manta de caballo. No oyó. Absorta, les daba la espalda. Alguien sugirió que quizá estuviera en pensamientos detrás de Stoffel.

Ahora hablaron de él y de su jubón verde. Como gustaban de expresarse en símiles, compararon al joven y solitario esturión con Gelnhausen, antes de adjudicárselo a su amigo Harsdörffer. Algunos comunicaron sus planes futuros. No sólo los editores —Mülben y Endter, en primer lugar— pensaban sacarle a la paz venidera algunos libros, también los autores tenían en la pluma o danzando en la cabeza himnos de paz y comedias de paz. Birken proyectaba una alegoría, en varias partes, para Nuremberg. Rist deseaba añadir a su «Alemania deseosa de paz» una «Alemania jubilosa por la paz». Harsdörffer estaba seguro de que la corte de Wolffenbüttel favorecería libretos para ballet y ópera. (¿Estaría Schütz dispuesto a colaborar con música grandiosa?)

La posadera seguía mostrándoles su espalda delgada, un poco cargada bajo la manta. Pero después de Buchner, tampoco Dach consiguió atraer a Libuschka, o Coraje, o la hija bastarda del conde Thurn de Bohemia —o quien quisiera que fuera— a la mesa larga, con los poetas. Unicamente cuando una de las criadas (¿Elsabe?), mientras servía los últimos pescados fritos, dijo que en el Klatenberg acampaba una tribu de gitanos y que había sido cerrada la puerta del Ems, vi cómo Libuschka prestó atención con un sobresalto. Pero cuando Simón Dach se dirigió con palabras de despedida a todos y dio las gracias a la posadera, ésta ya estaba de nuevo ensimismada.

Dach sonriente paseó la mirada por toda la mesa, vio las raspas de pescado amontonadas y mondas entre cabeza y cola, mientras sostenía en la mano izquierda el manifiesto enrollado y lacrado, y habló, al comienzo de su discurso, con alguna emoción. Sin embargo, después de conceder a la despedida, a la inevitable separación, a la firme amistad suficientes palabras enternecidas, dificultosamente articuladas, habló libre de cargas, con ligereza y como si deseara quitarle importancia al encuentro, minimizar su peso con palabras: le alegraba, dijo, que el pescado de Gleflinger les hubiera vuelto a todos de nuevo honrados. No sabía, al menos por el momento, si se debía repetir el encuentro en una fecha propicia, por mucho que le insistieran a que fijara un lugar y el día de la cita futura. Había sufrido algunos disgustos. No quería enumerar ahora los contratiempos. Pero era indudable que el esfuerzo había merecido la pena. Desde ahora todos se sentirían menos aislados. Y cuando en casa les deprimiera la estrechez, les invadieran nuevas penas, les cegara el falso brillo, y la patria se les escapara entre las manos, que recordaran el cardo indemne en la «Posada del Puente», a las puertas de Telgte, donde la lengua alemana les prometió amplitud, les dio lustre, les sustituyó la patria y dio nombre a todas las penas de este mundo. Ningún príncipe podía igualarles. Sus bienes no eran comprables. Y si les lapidaban, si pretendían enterrarles bajo el odio, entre las piedras aparecería siempre la mano con la pluma. Solamente ellos guardaban para toda la eternidad aquello que merecía llamarse alemán: «Pues por muy breve que sea el tiempo que nos es concedido permanecer en la tierra, queridos amigos, cada verso, en tanto que nuestro espíritu lo cree a semejanza de la vida, se fundirá con lo duradero...»

Entonces la posadera desde la ventana interrumpió el discurso de Dach, que tomando vuelos integraba en la inmortalidad a los poetas congregados; precisamente en la frase sobre el verso imperecedero, que Dach subrayó con la proclamación de paz, consagrándola así a la eternidad, dijo ella en voz baja, pero agudizada para la exclamación: «¡Fuego!»

En aquel preciso momento entraron gritando las criadas. Y entonces —Simón Dach continuaba en pie, como si quisiera terminar su discurso a pesar de todo— olimos el incendio.

Desde la vertiente trasera, cuyo tejado de cañas deteriorado colgaba hasta las ventanas de la sala grande, el fuego ahogado se había colado en el desván venteado, donde prendió, tomando aliento, en montones de paja, paja extendida para dormir, manojos de ramas secas y trastos olvidados, desplegó llamas que corrían y saltaban por el entramado de vigas, para atravesar, ahora desde dentro, las dos vertientes del tejado de cañas, devorar los techos de madera, caer con maderos y tablas llameantes en la gran sala, invadir la fachada delantera, correr escalera abajo desde el desván y ocupar a lo largo de los pasillos cada aposento abierto y despejado a toda prisa, de modo que pronto los haces de llamas saltaron al exterior y, lamiendo el cielo al unísono con el tejado ardiendo, dieron al incendio el último toque de belleza.

Así lo vi yo, exaltado Zesen, infernal Gryph, y a su manera lo vieron todos los poetas, que habían huido a toda prisa al patio y, en su día, habían visto en llamas Glogau, Wittenberg o Magdeburgo. Ni un cerrojo resistió. Desde el zaguán fueron abiertos el comedor pequeño, la cocina, el cuartucho de la posadera y todas las demás habitaciones. La «Posada del Puente» estaba habitada sólo por el fuego. Los tilos que flanqueaban su lado norte parecían dos teas. A pesar de la calma: chispas volando. Apenas consiguió Greflinger, con la ayuda de Lauremberg y Moscheroch, conducir al patio a los caballos, empujar los carromatos restantes hacia la salida y enganchar a los animales asustados, cuando ardió en llamas la cuadra. Lauremberg fue coceado por un caballo negro y desde entonces cojearía del lado derecho. Nadie oyó sus quejas. Todos estaban preocupados consigo mismos. Sólo yo vi cómo las tres criadas cargaban una de las mulas con hatillos y sartenes. En la otra mula montaba Libuschka: volviendo la espalda al fuego, envuelta en su manta de caballo, tranquila, como si nada sucediera; los perros de la posada gimoteaban a sus pies.

Birken se lamentaba porque su diario, afanosamente llevado, quedó con el equipaje de los jóvenes en el desván. El editor Endter echaba de menos una partida de libros, que iba a vender en Braunschweig. ¡El manifiesto!, gritó Rist. ¿Dónde está? ¿Quién lo tiene? Dach tenía las manos vacías. Entre las raspas de los pescados había quedado olvidada en la mesa larga la proclamación de paz de los poetas alemanes. Contra toda razón, Logau quiso volver al comedor: ¡Para salvar el escrito! Czepko le retuvo. Así quedó sin decir lo que de todos modos no hubiera sido escuchado.

Cuando se derrumbó el tejado de la posada y las vigas echando chispas cayeron al patio con fragmentos de cañas al rojo vivo, los poetas y los editores agarraron su equipaje y huyeron a los carromatos. Schneuber se hizo cargo de Lauremberg. Harsdörffer ayudó al viejo Weckherlin. A Gryphius y a Zesen, que miraban embobados el fuego hubo que llamarles, insistirles, y a Paul Gerhardt, que rezaba, hubo que arrancarle de su fervor.

A un lado Marthe, Elsabe y Marie hostigaban a la mula de carga y al jumento montado por Libuschka. La criada Marie dijo al estudiante Scheffler que se dirigían al Klatenberg. Por un momento el futuro Silesius estuvo a punto de ir con ellas a unirse a los gitanos. Saltó del carro, pero Marie le disuadió con una cadenita católica, de la que colgaba grabada en plata la Virgen de Telgte. Sin saludar y sin volver los ojos, Libuschka partió con sus criadas en dirección al Ems externo. Los perros de la posada —ahora vieron que eran cuatro— las seguían.

Los poetas, sin embargo, querían volver a casa. En tres carromatos llegaron sanos y salvos a Osnabrück, donde se separaron. Lauremberg se repuso de la coz de caballo en la rectoría de Rist. Gerhardt viajó hasta Berlín con Dach y Albert. Los silesianos alcanzaron su hogar sin dificultades de consideración. Los nuremberguenses dieron un rodeo, para informar en Wolfenbüttel. Buchner pasó por Köthen. Weckherlin se embarcó de nuevo en Bremen. Greflinger se dirigió a Hamburgo para establecerse definitivamente. ¿Y Moscherosch, Zesen?

Ninguno se perdió. Todos llegamos a nuestro destino. Pero en aquel siglo nadie nos volvió a reunir en Telgte o en cualquier otro lugar. Yo sé cuánta falta nos hacían nuevos encuentros. Yo sé quién fui entonces. Y sé más cosas. Aunque no sé, no sé quién pudo pegarle fuego a la «Posada del Puente»...

Este libro
se terminó de imprimir
en los Talleres Gráficos
de Palgraphic, S. A.
Humanes, Madrid (España)
en el mes de octubre de 1999